치매 엄마의 죽음맞이

천 일의 순이

치매 엄마의 죽음맞이

천 일의 순이

김난희 지음

북치는소년

차례

프롤로그

"죽어 가는 환자의 곁을 지키는 것은 인간의 유한함, 우리 삶의

유한함을 우리에게 일깨우는 것이다."

— 엘리자베스 퀴블러 로스

내가 아픈 지
한 삼 년 됐을 거다

이 책은 만성 심부전증을 오래 앓았던 엄마가 치매* 진단을 받은 후, 영면하기까지 만 삼 년에 걸쳐 엄마와 함께 했던 시간을 병상, 임종, 애도의 기록으로 나누어 묶었다. 엄마가 치매 진단을 받고 노인 장기 요양 4등급을 받은 2016년 11월 말경부터(87세) 2020년 9월 10일 새벽 두 시 십오 분, 숨을 거두기까지(91세) 삼 년하고도 십 개월 정도의 기록이다. 요양 병원과 요양원 신세를 졌던 일 년 정도의 기간을 빼면 근 삼 년에 해당하는 기간이다.

날짜까지 따져 가며 굳이 삼 년이라고 못을 박는 데는 이유가 있다. 혼자 지내던 엄마가 치매 판정을 받은 후 2017년 2월 오빠네 집으로 거처를 옮기고 아침부터 저녁까지 집 근처 데이케어 센터 생활을 하던 때였다. 오빠네서 생활한 지 삼 개월이 채 안 됐을 무렵 엄마 때문에 올케언니가 힘들어 한다는 소식을 듣게 되었다. 안양에 사는 넷째 언니와 나는 주말만이라도 오빠네 가족이 편히 쉴 수 있게끔 엄마가 다니던 공릉동 데이케어 센터에서 매주 토요일이면 한 주는 안양 언니네 집으로, 한 주는 수원 우리 집으로 근 이 년 가까이 엄마를 모셨다(정확히 2017년 5월 중순부터 엄마 엉덩이뼈에 금이 가서 병원에 입원했던 2019년 2월 중순까지다.). 엄마를 모시는 어려움 때문에 우울증 증세가 있던 올

★ '치매痴呆'라는 병명에 대해서는 여러 가지 입장이 있다. 어리석을 '치痴', 어리석을 '매呆'라고 해서 환자를 너무 비하하는 병명이라며 일본의 경우 '인지증' 환자라고도 쓰고 있다. 우리나라에서도 '인지증' 환자라고 써야 한다는 입장이 있는가 하면, 유럽이나 미국의 경우처럼 '알츠하이머병'으로 통칭하여 부르는 경우도 있는 것 같다. 그러나 '알츠하이머병'은 인지와 관련된 여러 병명 중의 하나이기 때문에(실제로 치매의 종류에는 약 백여 가지가 있다고 한다.) 치매를 알츠하이머병으로 부르는 것은 문제가 있다.
  용어를 바꿀 때는 대상의 성질을 확실히 표현할 수 있어야 하는데, '인지증'은 너무 막연한 용어이기 때문에 오히려 그동안 우리 사회가 인식해 온 '치매'에 차별적 인식이 사라지지 않는 한, 명칭 변경은 아무런 의미가 없다고 보는 의학자도 있다(오이 겐, 안상현 옮김, 『치매 노인은 무엇을 보고 있는가』, 윤출판, 2019, 40쪽.). 나는 명칭보다는 치매에 대해 우리 사회의 인식이 개선되면 명칭은 자연스럽게 개명될 수 있다는 오이 겐의 입장에 동의하며 '치매'라는 병명을 계속 사용하고자 한다. 참고로, 치매는 병명이기보다는 일종의 증상으로 보아야 한다는 의견이 맞는 것 같다. 병명으로도 많이 씀으로 병명과 증상 모두를 포함하는 용어로 쓰겠다.

케언니와 한집에서 지내기가 무척 힘들었을 것이다. 그러나 안양 언니도, 나도 각자 일을 하고 있던 처지라 선뜻 엄마를 모시겠다는 말을 못하고 그냥 토·일요일에만 엄마를 모셔 함께 보내는 걸로 겨우겨우 생색을 내고 있던 때였다.

그렇게 주말이면 엄마는 언니네 집에서 우리 집으로, 그리고 다시 서울 오빠네 집으로 오가며 지냈지만, 어느 곳에서도 편안하지 못했는지 치매 증상은 시나브로 좋아지지 않는 듯했다. 무엇보다도 오빠네 집에서 생활하며 가장 많이 부딪쳐야 했던 올케언니와의 관계 때문에 기억의 왜곡 문제가 심각했다. 가족들의 이름과 관계는 헷갈리다가도 직접 얼굴을 보면 기억하는 듯했다. 그런데 당신에게 가장 어려운 존재였던 며느리에 대해서는 이상한 방향으로 인식이 고착되어 버렸다. 당신 며느리가 후처라는 것이다. 당신에게 그렇게 잘해 주던 예전의 착한 며느리는 죽었고 지금 며느리는 후처여서 당신한테 못되게 군다는 것이다.

엄마는 당신이 참기 힘든 상황을 어떻게든 피하고 싶은 바람에서 스스로 만들어 낸 서사를 진짜라고 확신하고 우리들에게 확인받고 싶어 했다. 아니라고 교정하려 했지만 그건 엄마의 날벼락을 자청해서 뒤집어쓰는 결과로 이어지곤 했다. 평소에는 온순하던 엄마가 그 후처 서사만큼은 당신이 살아남으려는 유일한 방패막이라도 되는 양 절대

양보하지 않았다. 그리고 딸들을 보면 반복해서 후처 타령을 했다.

한번은 "엄마, 엄마 며느리가 언제 죽었다고 그래요?"라고 말을 붙였다가 엄마가 눈을 위아래로 흘기며 불같이 화를 내는 바람에 나는 다음부터는 절대로 토를 달지 않고 고분고분 엄마 말을 듣기만 해야 했다. 나뿐만 아니라 안양 언니에게도 엄마가 후처 타령을 할 때는 절대 뭐라 하지 말고 일단은 엄마 편만 들라고 일러 주었다. 물론 엄마 때문에 힘들어 하는 올케언니를 생각하면 뭔가 바른 교정이 필요했다. 그러나 엄마는 치매를 앓고 있고, 치매 걸린 당신이 스트레스를 받는 상황에서 어떻게든 살아남기 위해 만든 서사를 우리가 입바른 소리로 가로막을 수는 없었다. 엄마는 후처 서사를 만들어 올케언니와 힘들게 지낼 수밖에 없는 자신의 상황을 그렇게 해서라도 버텨내고자 했는지도 모른다.

엄마가 주말이면 우리 집에 드나든 지 얼마나 됐을까. 그렇게 엄마를 모시며 가장 힘들었던 것은 예전의 엄마가 아니라 치매 환자로서 엄마를 받아들이는 일이었다. 무엇보다도 엄마에 대한 내 감정과 생각을 어떻게 정리해야 할지 갈피를 잡지 못해 심리적 아노미 현상에 빠진 것이 힘들었다. 나이 오십이 넘도록 엄마의 돌봄을 받다가 당장 집 밖으로 한 발자국 나서는 것도 위험해진 엄마를 돌보기 위해서는 더 없는 인내가 필요했다. 토요일, 일요일 이틀뿐인데도 가끔은 엄마에게 짜증을 내는 어리석은 행동을 했다. 그러고 나서 이어지는 후회, 죄책감 때문에 나는 엄마를 돌봐 드리는 것보다 마음속의 또 다른 나와 싸우느라 더 힘든 시간을 보내야만 했다. 그리고 그 싸움은 때때로 어리석은 망상을 불러오기도 했다. 엄마가 살면 얼마나 살 거냐고……. 그때까지만이라도 못 참을 것이냐고…….

엄마가 치매 상태로 계속 살아갈 삶에 어떠한 계획과 전망도 없이 내 안에서 일어나는 엉뚱한 망상과 싸우기 바빴다.*

엄마는 당신 때문에 딸들이 고생한다고 생각했는지 하루는 잠자리에서 실수를 한 당신 이불을 치우는 나를 보더니 문득 한 말씀 던졌다.

"내가 아픈 지 얼마나 됐냐……."

할 말이 없었다. 잠결에 엄마 소변 처리하는 것도 힘들었지만, 잠자리에서 소변 실수가 잦아져 기저귀를 차고 주무시라고 그토록 청했는데 죽어도 싫다며 거절하다 결국은 실수를 하니 원망스러워 일부러 아무런 대답도 안 했다. 그런 내 심정을 아는지 모르는지 엄마는 또 혼자서 말문을 이어 갔다.

★ 이때까지만 해도 나는 엄마의 주 돌봄자가 아니라서 그랬는지, 엄마의 치매 상태에 대해 깊은 이해도 없었고, 주말이면 시간을 내서 엄마와 즐겁게 시간을 보내는 것으로 치매 환자 가족의 소임을 다한 것이라고 생각을 했던 것 같다. 그러다 보니 엄마가 치매 환자로 생활해 나갈 것에 장기적인 계획도 없었고, 치매 각 단계에 필요한 세심한 주의도 부족했다. 지내놓고 보니 치매 환자도 엄연히 인간이며, 존엄한 생활을 해야 할 권리가 있음을 생각하지 못한 것이 내내 아쉽다. 치매 환자의 경우, 진단 이후 평균 생존 연수가 약 4.5년 정도(최현석, 『인간의 모든 죽음』, 서해문집, 2020, 279쪽.)라고 하는데, 나는 엄마가 치매 걸린 상태에서 얼마나, 어떤 생활을 할 수 있을지 아무런 전망도 없었다. 아래 〈치매 돌봄 십계명〉은 치매 환자를 이제 막 가족으로 둔 보호자들이 새겨들을 만하다.

〈치매 돌봄 십계명〉
1. 치매 환자는 사람임을 잊지 말아야 한다.
2. 치매 환자를 격려하고, 잔존 기능을 활용할 수 있도록 지지해야 한다.
3. 치매 환자의 작은 변화도 가치가 있고 감사해야 한다.
4. 치매 환자의 신체적 건강에 세심하게 관심을 두고 적절한 건강 관리를 받도록 해야 한다.
5. 장기적인 계획을 바탕으로 치매 환자를 돌보아야 한다.
6. 불의의 사고를 항상 대비하고 예방해야 한다.
7. 치매 관련 다양한 자원을 적극 활용한다.
8. 치매 관련 지식을 꾸준히 쌓아야 한다.
9. 치매는 모든 가족 구성원이 함께 돌보아야 한다.
10. 치매 환자를 돌보는 가족은 자신의 건강도 잘 챙겨야 한다.
   (『치매와 사는 법』, 조선뉴스프레스, 2018, 64~68쪽.).

"한 삼 년 됐을 거다……. 한 삼 년 됐으면 니들 고생
도 인제 곧 끝날 것이다……."

삼 년이라니? 삼 년 되려면 앞으로 이 년도 넘게 남았는데?
엄마 말의 진정한 의미보다는 언제 삼 년을 채우나 하는 생각에 빠
진 나 자신을 발견하고는, 도리질을 하며 엄마의 말을 머릿속에서 곧
지워 버렸다.

그러던 엄마는 지병인 심부전증과 갖가지 노인성 질환, 그리고 치매
로 고생하던 끝에 그 삼 년을 얼추 맞추고 숨을 거두었다. 지금 생각해
보면 치매로 정신이 없는 와중에서도 엄마는 당신 병세가 삼 년 정도
걸릴 거라는 계산은 정확히 했던 것 같다.
어렸을 때 엄마는 치매를 앓았던 친할머니와 할아버지를 모셨다. 할
머니가 먼저 돌아가시긴 했지만 두 분 다 대략 삼 년을 앓다가 돌아가
셨다. 엄마는 둘째 며느리였지만 큰아버지가 일찍 돌아가신 바람에 남
편 없는 큰어머니보다는 남편 있는 엄마가 두 분을 돌봐야 하는 짐을
맡았다. 엄마의 남편, 그러니까 아버지는 사업으로 가산을 일찌감치

다 탕진하고 정치판을 기웃거리며 한량으로 지낼 때였다. 엄마가 삯바느질로 어렵게 생계를 이었다. 엄마는 일곱이나 되는 자식들 돌보랴, 삯바느질로 생계를 꾸리랴, 치매를 앓는 시부모 모시랴 그야말로 살아 있으되, 살아 있는 목숨이라 할 수 없는 전쟁과도 같은 하루하루를 이어 나갔다. 그래도 다행스럽게 두 분 수발 기간이 참지 못할 만큼 길지 않았다. 할머니도, 할아버지도 근 삼 년 정도 앓다가 생을 마감했다.

엄마의 '삼 년' 계산은 아마도 시부모 치매 수발들며 경험했던 분노와 죄책감, 고통과 해방의 갈등이 몸속 깊은 곳에서 오래 버무려진 정확한 셈법이었으리라. 엄마가 삼 년 운운하며 당신 병세를 진단할 때는 이미 인지 능력을 상실했을 때였다. 그렇게 보면 젊었을 때 시부모 치매 수발들며 각인된 몸 셈법이 무의식중에 발휘된 것은 아닐까.

엄마의 이 삼 년 셈법은 비단 엄마만의 몸 계산법은 아닐 것이다. 병들어 자리에 누운 부모를 수발들기에 가장 적당한 기간이 있다면 아마도 삼 년 정도가 아닐까 싶다. 그 이상이면 자식들은 점차 지칠 수밖에 없다. 삼 년이 채 안 돼 돌아가시게 되면 아쉬움이 더 큰 게 병든 부모를 수발했던 자식들의 일반적인 생각일 것이다. 그래서 "긴 병에 효자 없다."는 말도 있고 '병든 부모 모신 지 삼 년 만에'로 시작하는 대중

가요도 회자되지 않는가.

　개인적 경험이지만 이 삼 년은 어쩌면 병상의 부모가 자연사하기에 가장 최적화된 기간은 아닐까 하는 생각도 든다. 요즘에는 예전과 달리 병원의 연명처치 기술이 발달해 자연사 기회를 놓치고 어른들이 힘겹게 연명하는 경우가 비일비재하다. 어쩌면 죽지 않을 만큼만 처치를 받으면서 요양 병원 침상을 메꾸어 주는 신세가 된 것은 아닌지. 부모의 병상 기간이 길어지면 환자 본인도 힘들지만, 보호자인 자식들도 병든 부모에 대해 애틋함보다는 간병의 힘겨움을 호소하는 경우가 허다하다. 육체적 피로와 스트레스, 경제적 부담감 때문이다.*

　결국 병든 부모에게도, 병 수발하는 자식에게도 삼 년은 부모, 자식의 인연을 곱게 간직할 수 있게 해 주는 '완전한' 기간이 아닐까 싶다. 인류 역사에서 동서양을 막론하고 숫자 삼이 완전과 균형, 조화를 상징하는 것처럼, '삼 년'은 병든 부모님을 자식들이 수발들기에 완벽한 조화와 균형을 이루는 시간이라고 볼 수 있다. 병든 부모를 수발하는 자식들은 병든 부모에게 무슨 일이 일어날까 하는 두려움과 마침내 지나가겠지 하는 희망 사이를 끝없이 오가며 모든 감정의 변곡점을 너무도 뚜렷하게 겪게 된다. 그러나 삼 년을 기점으로 부모가 돌아가시게 되면 자식들은 그 모든 감정의 부대낌이 그래도 감당할 만한 것이었다고 생각한다. 최소한 그 감정으로 힘들어하기보다는 좋은 방향으로 승화하고자 하는 에너지를 잃지 않고 유지할 수는 있다. 그렇다면 그 시간은 병든 부모를 모시기에 '완전한' 시간이었다고 할 수 있으리라.

그런 의미에서 엄마와 함께한 삼 년은 부족하거나 넘치지 않는 '완전함'을 향해 굴려왔던 시간이었다. 온갖 소란과 갈등, 고통 속에서 간간이 비춰지는 희망과 사랑, 화해 등이 서로가 서로를 껴안고 구름 속으로 자신을 누그러뜨리며 사라져 가는 저녁 해처럼, 혹은 거뭇거뭇한 새벽녘의 구름을 밀쳐내며 떠오르는 아침 해처럼.

* 이상운은 『아버지는 그렇게 작아져 간다』(문학동네, 2014)에서 나이 드신 부모님의 경우, 충분히 살 만큼 살았다고 전제하고 볼 때 죽음의 과정은 대체로 네 범주로 나누어 볼 수 있다고 말한 바 있다. 특별한 병치레 없이 갑자기 홀연히 떠나는 경우(거의 없음), 심장 마비처럼 죽음의 신호가 오고 나서 즉시, 수일, 수 주 뒤에 떠나는 경우(극소수), 발병하고 몇 달 혹은 일 년 전후로 떠나는 경우(일부), 마지막으로 이런저런 병으로 수년 간 지루한 고통을 겪다가 떠나는 경우(상당수)로 나누었는데, 설득력 있다.

최근 통계에 따르면 우리나라 노인들이 사망하기까지 평균 투병 기간은 십 년이라는데,(정희진, 「대소변을 가리지 못할 때까지 살고 싶습니다」, 『한겨레신문』, 2015. 11. 13.) 그 기간은 가족들에게도 힘든 세월이다. 게다가 경제적으로도 어려움을 겪게 되는데, 네덜란드에서 진행한 연구에 따르면 인생 말년에 건강에 소비되는 금액은 다른 시기의 열세 배 이상이며, 이 수치가 변화될 가능성은 거의 없으며, 마지막 숨을 거두기 육 개월 전에 평생 의료비 대부분을 쓴다고 한다(데이비드 재럿, 김율희 옮김, 『이만하면 괜찮은 죽음』, 윌북, 2020, 210쪽.).

엄마의 죽음,
내 미래의 공부

이 책은 병든 엄마와 보낸 마지막 삼 년의 이야기를 담았다. 엄마는 원래 지병이던 심부전증 때문에 심장 기능이 점차 악화되던 때 치매 판정을 받았다. 그러고 나서 '터널 증후군'이라는 긴 시간을 거치면서 치매가 악화되고, 엉덩이뼈마저 부러져 용변 처리를 남에게 맡길 수밖에 없었다. 그런 가운데 요양 병원과 요양원 신세를 지다가 가족의 품으로 돌아와 숨을 거둔 엄마와 보낸 근 삼 년의 이야기다. 이 삼 년의 이야기 속에는 엄마가 치매와 심장병 악화로 숨을 거두기까지 좌충우돌 간병 기록과 죽음을 향해 한발씩 걸음을 내디뎠던 엄마 곁에서 수시로 확인할 수밖에 없었던 간병의 고통과 그 고통으로부터 때때로 도망치고 싶었던 충동, 그 충동으로 싹튼 죄책감, 그러나 다행히도 그보다는 더 힘이 셌던 엄마를 향한 강한 연민과 애정의 단상들을 담았다.

그런 점에서 이 이야기는 내 개인에 국한된 것일 수도 있겠다. 하지만 이 모든 이야기의 끝은 의심의 여지없이 머잖아 엄마와 비슷한 경로로 맞이하게 될 나 자신의 죽음을 일깨워 주는 결말로 이어진다는 점에서 결코 개인적인 경험담은 아닐 것이다. 실제로 엄마의 노화와 죽음의 경로는 현대의 '최빈도 죽음'*에 해당되는 것으로 볼 수 있다. 이변이 없는 이상 나도 이 '최빈도 죽음'의 경로에서 벗어나지 못할 확률이 높기 때문이다.

오늘날 '최빈도 죽음'은 고령화 사회 노인들의 일반적 죽음이다. 의학 기술의 발달로 자연스러운 존엄사가 허락되기 어려운 의학의 관리 체제 때문이다. 그렇다면 고령화 시대의 엄마와 조만간 다가올 초고령화 시대에 노인이 될 나는 죽음의 경로에 다소 차이는 있을지언정 큰 틀에서는 동일한 범주 안에 묶여 있다. 고령화 시대에 맞게 평균 수명을(국제 통계 사이트 월드오미터Worldomter에 따르면, 2020년 우리나라 사람들의 평균 수명은 83.5세인데, 그중 남자는 80.5세, 여자는 86.4세로 나온다.) 산다면 엄마처럼 나도 노화와 질병의 긴 시간을 거치면서 죽음을 맞이하게 될 수밖에 없는 동일한 숙명에 처했는데, 엄마의 병과 죽음에 관한 이 기록은 어쩌면 엄마의 죽음을 빌린 내 미래 죽음의 투시도라고도 할 수 있으리라.

코로나 19로 요양 시설에서 벗어나 집에서 임종을 맞은 엄마 덕분에 나는 엄마의 죽음과 죽어 가는 과정을 가장 가까이서 접할 수 있었다. 엄마는 자식들에게 한 인간이 죽어 가는 과정을 여과 없이 모조리 보여 주었으며 함께 겪게 해 주었다. 엄마는 죽음의 전 과정을 자식들과 나눔으로써 커다란 가르침을 몸소 보여 주었다. 엄마의 죽음을 지켜보

* '최빈도 죽음'이란 가장 자주 발생하는 죽음을 뜻한다. 데이비드 재럿(노인 의학 전문의)은 '최빈도 죽음'이 어떻게 진행되는가에 대해 다음과 같이 간략하게 언급한 바 있다.

"일단 남자라면 칠십 대 말이나 팔십 대 초반, 여자라면 팔십 대 중후반 정도 고령에 접어들면 몇 달 혹은 몇 년에 걸쳐 신체적, 정신적 건강이 서서히 악화되는 기간이 찾아온다. 치매가 꾸준히 진행 중인 노인이 대부분이며, 한두 차례 노인성 질환으로 입원했다가 서서히 회복할 수도 있겠지만 입원 전의 건강 수준으로는 결코 회복하지 못한다. 그러다가 간병인과 가족이 노력을 기울이는데도 그 '어떤 일'이 벌어진다. 그 '어떤 일'은 그 자체로 생명을 위협하지는 않을 것이나, 변기에 앉기가 점차 힘들어지고 기저귀가 필요하며, 연하 곤란(삼킴 장애)으로 비위관(코를 통해 위장으로 삽입한 관)을 통해 유동식을 공급받거나 너무 말라 뼈만 앙상한 데다 몸을 움직이지 못하니 욕창이 문제될 수 있다며 특별한 에어 메트리스가 필요하다. …… 의사는 노인 환자 가족들에게 의학적 치료는 대부분 '미봉책'이라고 설명하지만 그 미봉책마저도 불가능해지는 상황이 되면, 모두가 그 '불가피한 현실'을 받아들일 준비를 해야 한다. 그리고 조만간 죽음이 닥칠 것이다. 그 기간이 얼마나 지속될지는 아무도 모른다. 죽음은 나름의 속도로 천천히 오며 다른 사람들의 시간표에 결코 맞추지 않는다. 이것이 '최빈도 죽음'의 간략한 스케치다(데이비드 재럿, 앞의 책, 222~231쪽.)."

면서 역설적으로 나 역시 자연스럽게 죽음을 맞이할 수 있겠다는 막연한 희망을 품었다.

물론 나이 들어 병든 몸으로 죽어 가는 것이 그리 쉽지만은 않겠다 싶지만, 아주 못 견딜 만한 것은 아니며, 그래도 참을 수 있을 만한 고통이며, 그 정도의 고통은 감내해야 이 세상과 이별할 수 있으리라는 생각이 들었기 때문이다. 또한 늙어서 죽어 가는 부모의 죽음을 지켜보면서 자식들이 얻게 될 죽음에 대한 깨달음은 더할 나위 없는 커다란 보상이 될 것이라는 생각도 들었다.

엄마의 죽음을 지켜보는 과정은 그동안 나를 지배했던 일그러진 '죽음 표상'에서 벗어나 비로소 죽음의 맨 얼굴을 대면하는 과정이었다. 노화로 비롯된 각종 노인성 질환과 치매, 낙상과 와상 마비에 연이은 연하 장애 및 수면 장애와 호흡 장애 등은 죽음으로 이어지는 자연스런 과정이다. 그 과정은 인간이 죽음으로 들어서는 통과 의례(결코 쉽지 않은, 그러나 견딜 수 있을 만한)임에도 전적으로 의료나, 요양 시설의 몫으로만 여겼다. 그만큼 나는 자연스러운 죽음으로부터 너무 멀리 떨어져 있었고 죽음에 대해 비주체적이었다.

물론 이처럼 왜곡된 죽음 표상은 원래 내가 갖고 있던 것이라기보다는 현대 사회가 우리를 죽음에서 철저하게 배제시킨 결과다. 그럼에도 엄마가 보여 준 죽음의 맨 얼굴은 그동안 내가 알고 있던 죽음 표상이 얼마나 허울에 불과했는가를 깨닫게 해 주기에 충분했다. 엄마는 죽음을 두렵게만 여기지 않고, 죽음을 누구에게도 대행시키지 않고, 죽음의 주체가 될 수 있다는 것을 가장 친숙한 당신의 육신을 통해 있는 그대로 보여 주었다. 내게는 가장 큰 죽음 공부였다.

이 글을 쓰면서 엄마 잃은 슬픔을 그나마 버텨낼 수 있었다. 엄마의 죽음에 대해 기록을 하고, 수정하고, 의미를 곱씹어 보면서 엄마의 죽음에서 의미를 찾아 헤매는 시간은 유일하게 엄마 잃은 슬픔을 잊게 해 주었다. 그러나 슬픔에는 유효 기간이 없다는 누군가의 말처럼, 지금도 엄마가 보고 싶다. 엄마를 생각하면 가슴이 미어진다. 길을 가다가 누군가 "엄마!" 하고 부르는 소리만 들려도 가슴이 철렁 내려앉는다. 어딘가에 있을 것 같은 엄마에게 당장 달려가고 싶다.

한편 몸도 마음도 많이 아팠다. 엄마와 함께할 때는 그때그때 닥치는 상황에 따라 간병하기 바빴던 날들이었는데, 당시로 돌아가 엄마 마음과 몸 속 깊은 곳까지 마주하는 글쓰기에 몸이 먼저 아팠다. 마음은 더 아팠다.

엄마를 잃고 상심에 빠진 형제자매, 친지들께 위로의 마음을 전하며, 엄마 영전에 이 책을 바친다.

1929년생,
서정순의 약전略傳

약전略傳에 앞서:
엄마, 그리고 나

　칠 남매(2남 5녀) 중의 막내였지만 사실 나는 여느 막내와는 달리 엄마와 가깝게 지내본 기억이 별로 없다. 우리 집은 1950·60년대 전라남도 광주에서 둘째가라면 서러울 정도의 부자였다(약간의 과장이 있을 수 있겠으나, 둘째 언니의 증언에 따르면 그 당시 광주에서 지프를 끌고 다니던 집은 손가락 안에 꼽을 정도였는데, 그중의 한 집이 우리 집이었다고 한다. 지프가 부자임을 증명하는 지표가 될 수 있는지는 잘 모르겠으나 어쨌든 아버지는 당시 전라남도 도내의 수리 조합 공사를 도맡아 했다. 광주 무등 산장 — 현재 무등 호텔의 전신 — 까지 운영했던 사실을 감안한다면 부자였음에는 틀림없었던 것 같다.). 그러나 내가 태어난(1961년) 이후부터 가정 형편이 어려워졌다고 한다. 광주에서 큰 건설 회사를 운영하던 큰아버지가 갑자기 돌아가시고, 그 여파로 회사를 관리하던 아버지가 회사 빚을 안고 이어가다가 파산해 가세가 기울었기 때문이다.

따라서 어린 시절 내 기억 속의 엄마는 어떻게든 먹고 살기 위해 삯 바느질(여기서의 삯바느질은 이집 저집 다니면서 그 집에서 주문받은 한복을 지어 주었던 것을 말한다.)거리를 찾아 돌아다니느라 늘 지치고 피곤해 하는 모습이었다. 다른 형제들도 마찬가지였겠지만 특별히 막내라고 엄마의 따뜻한 눈길을 기대한다는 것 자체가 언감생심 꿈도 꾸지 못할 일이었다. 그래도 가세가 기울기 전에 태어나 자란 언니, 오빠들은 광주에서 부유한 집안의 자녀들만 다닌다는 유치원과 사립 초등학교를 다녔다. 하지만 나는 유치원 구경도 못했으니 나의 유년시절은 그야말로 '죽었나, 살았나'만 확인받고 자란 경우라 할 수 있다(이 표현은 가끔씩 나의 유년 시절을 물어보는 사람들에게 18번처럼 쓰는 것인데, 그 당시는 모두가 어렵게 살던 시절이었기 때문에 나만 특별히 어렵게 살아온 것처럼 들릴 수도 있어 민망하기도 하다. 그럼에도 여전히 내 유년 시절을 가장 압축적으로 들려줄 수 있는 일종의 '시그니처signature' 차원에서 아직은 쓰고 있다.).

그 '죽었나, 살았나'만 확인받고 자란 나와 엄마의 역사는 이후 내가 성장하고, 결혼하고, 나 역시 먹고 살기 바빴던 세월 속에서 노년의 엄마 병세를 가까이서 감지하지 못하던 시기까지 쭉 이어져 왔다고 해도 과언은 아니다. 엄마는 그 긴 세월 여전히 바느질로 생계를 잇기 바빴다. 워낙에 솜씨가 출중해서 어디서나 솜씨 좋은 기술자 대접을 받았던 터라 마침내 서울의 광장 시장에서 한복집을 차려 제법 생활의 안정을 찾게 되었지만 일곱이나 되는 자식들은 끝없이 학업과 결혼을 줄줄이 이어갔기 때문에 '죽었나, 살았나'는 끝날 수가 없었다. 엄마는 자신이 할 수 있는 최선을 다해 자식들의 학업 비용도, 결혼 자금도 마련해 주었다. 그러나 그 자식들이 감사한 마음을 전달할 기회도 주지 않은 채 엄마는 늘 삶의 전쟁터로 달려 나가야만 했다.

결코 끝날 수 없었던 '죽었나, 살았나' 속에서도 엄마의 따뜻한 사랑을 느꼈던 포근한 기억은 몇 가지 있다. 그중 맨 처음은 엄마와 찍은 사진으로만 확인할 수 있는 따뜻함이다. 내 유년 시절의 유일한 사진 속에는 그때만 해도 가세가 완전히 기울어진 때는 아니었는지, 아니면 부자가 망해도 삼 년은 간다는 말처럼 조금은 여유가 있던 때였는지, 한복을 곱게 차려 입은 엄마는 꽤 고급스럽게 보이는 양산을 받쳐 들고 바바리 차림의 멋쟁이 아버지와 나란히 내 손을 잡고 환하게 웃고 있었다. 내 유년 시절이 마냥 어둡지만은 않았다는 것을 확인하고 싶을 때마다 그 사진을 꺼내보곤 했던 것 같다. 어디 경치 좋은 유원지에서 찍은 듯한데, 까만 벨벳 천으로 목둘레 테두리가 돌려 있는 노란 내

원피스는 아무리 봐도 부잣집 막내딸임을 증명하는 듯 비싸 보였고, 환하게 웃는 엄마의 손을 잡고 있는 앙증맞은 계집아이의 얼굴에는 엄마, 아빠의 사랑을 듬뿍 받고 있는 어린 아이 특유의 포만감과 어리광이 잔뜩 묻어 있다.

정확하게 기억나지 않지만 어린 시절 나는 이 원피스를 퍽이나 좋아했던 것 같다. 한두 해 나이가 들면서 그 원피스가 작아져 입지 못할 때까지도 애지중지 간직했던 기억이 희미하게나마 떠오른다. 내가 그 원피스를 그토록 오래 간직했던 이유는 아마 나도 부유한 집에서 태어났고, 엄마의 사랑을 받고 자랐음이 분명하다는 것을 확인하고 싶었기 때문은 아니었을까. 그래서인지 오십 여년이 훨씬 지난 지금까지도 그 노란 원피스를 입었을 때의 촉감과 만족감 등은 제법 선명하게 느낄 수 있다. 내 손을 잡고 환하게 웃던 사진 속 엄마의 고운 얼굴까지도. 물론 그 노란 원피스는 몇 년이 채 못가 사라졌다. 일 년을 못 넘기고 전전해야만 했던 셋방살이 이삿짐 속에서 언제인지도 모르게.

'죽었나, 살았나' 이야기의 틈새를 비집고 엄마의 사랑을 떠올릴 수 있는 또 다른 기억은 초등학교(그때는 국민학교) 육 학년 때 수학여행 건이다. 돈이 없어서 수학여행을 보낼 수 없다는 엄마의 말을 담임 선생에게는 차마 못하고 눈치만 보고 있던 차였다. 담임 선생은 학급 반장인 내가 수학여행을 못 가면 안 되니 보내 달라고 간청을 했다. 선생님이 일부러 찾아왔으니 엄마 입에서 허락이 떨어질 줄 알았다. 그러나 엄마는 담임 선생에게 끝내 승낙을 하지 않았다. 나보다 네 살 위인 넷째 언니도 그즈음 수학여행을 가야 했다. 형편상 못 보낸다, 언니도 못 보내는데 동생을 보낼 수는 없다, 더구나 아직은 초등학생이니 형편이 나아지면 중학교, 고등학교 가서도 얼마든지 갈 기회가 있다 등의 이유로 엄마는 냉정하게 잘라 말했다. 사람 좋기로 둘째가라면 서러울 만큼 호인이었던 담임 선생도 엄마의 단호함에 난처한 표정으로 "같이 가면 좋을 텐데, 반장이 못 가면 어떡할지 참 난감합니다." 하며 어정쩡하게 자리에서 일어났다.

그날 이후로 나는 내 주 특기인 '번대기' 작전에 들어갔다. 사흘 동안 밥을 안 먹고, 학교만 왔다 갔다 하면서 다락방에 올라가 내려오지 않았다. 사흘을 그렇게 보낸 후, 나흘째는 아예 학교에도 안 가고 다락방에서 내려오지 않았다. 오전 열한 시 쯤 되었을까. 엄마는 다락으로 올라오더니 선생님 갖다 드리라며 수학 여행비가 든 노랑 봉투를 내 손에 쥐어 주었다. 나는 낚아채듯 봉투를 받아 들고는 쏜살같이 달려가 수업 중이던 교실 문을 열고 선생님에게 봉투를 드렸다. 선생님은 봉투를 받아 수학여행 경비 수령표를 꺼내 내 이름에 동그라미 표시를 했다. 그때 나는 나만 돈을 안 낸 줄 알았다. 그러나 거기에는 엑스로 표시된 아이들 이름이 꽤 있었다. 이런! 나는 엄마에게 나 혼자만 안 냈다고 줄곧 우겼던 것이다.

수학여행 떠나는 날 아침, 엄마는 다른 아이들 엄마처럼 살뜰하게 먹을 것을 챙겨 주지는 못했지만 사이다와 삶은 계란을 싸 주었다. 그리고 언니에게는 아무 말 말고 조용히 다녀오라고 했다. 그렇게 해서 나는 여수 오동도로 이 박 삼 일 동안의 수학여행을 다녀왔다. 그때 고등학교 이 학년이었던 언니는 결국 수학여행을 못 갔다. 그때 언니가 다니던 학교에서는 단 두 명을 빼고는 전부 다 수학여행을 갔는데, 한 명은 언니였고, 또 한 명은 학교 매점에서 빵을 팔면서 등록금을 면제받았던 일명 '근로 장학생'이었다고 한다. 다른 학생들이 다 빠져 나간 학교에서 언니와 그 근로 장학생 언니는 마땅히 갈 곳도 없어 매점에서 팔다 남은 단팥빵을 먹으면서 보냈다고 한다. 우는 놈 떡 하나 더 준다는 말이 맞는 것인지, 아니면 물정 모르고 떼만 쓰는 어린 내가 더 안쓰러웠는지, 어쨌든 엄마는 학급 반장이었던 내 자존심을 지켜 주었다. 언니에게는 미안하지만 그때 엄마가 나에게 힘을 실어 주었던 기억을 떠올리면 지금까지도 어깨가 으쓱해진다. 사십 년도 넘은 그때 이야기를 지금은 언니와 웃으면서 한다.

엄마의 사랑이 떠오르는 또 하나의 기억은 고 삼 때 미술 대학 진학을 위해 용쓰던 때의 일이다. 고등학교 때 나는 수학 때문에 무척이나 애를 먹었다. 고등학교에 입학하면서부터 어려워지기 시작한 수학은 고 일 때까지만 해도 성적은 어찌어찌해서 명맥을 유지했는데, 고 이에 접어들면서부터 뒷자리 성적을 맴돌았고, 고 삼이 되어서는 거의 포기 수준이었다. 예비고사 마지막 세대였던 나는 본고사라는 관문을 통과해야지만 서울에 있는 대학에 갈 수 있었는데, 내 수학 실력으로는 원하는 대학의 본고사를 치르고 합격할 승산이 거의 없었다. 엄마는 나더러 교대(교육 대학)에 가 빨리 졸업해서 두 살 위인 쌍둥이 오빠들의 등록금을 보태라는 말을 입버릇처럼 했다. 그러나 나는 서울에 있는 대학 진학을 절대 포기하고 싶지 않았다. 더구나 그 당시만 해도 이 년제였던 교대는 더욱더 가고 싶지 않았다(지금이야 교육 대학 들어가기가 일반 대학 들어가기보다 힘들지만 그때만 해도 요즘 같지는 않았다.).

고민이 점차 깊어지던 때, 취미로 미술반 활동을 했던 나는 고 삼 여름에 서울의 H 대에서 열린 전국 중고생 미술 대회 수채화부에서 뜻하지 않게 동상을 받게 되었다. H 대학 미대라면 대한민국의 내로라 하는 미대라고 할 수 있는데, 어떻게 해서 전문적인 지도 한 번 받아본 적 없이 학교 미술부에서 그저 취미삼아 그림을 그렸던, 변변한 미술

도구조차 없이 그림을 그렸던 나에게 상이 돌아왔는지 지금 생각해도 잘 이해가 안 된다. 금상, 은상은 아니어도 동상이라면 전혀 가망이 없는 건 아니지 않나, 혹시라도 내가 이 대학에 갈 수 있는데 포기한다면 너무나 아까운 건 아닌가 하는 생각이 들었다. 무엇보다 수학 본고사를 보지 않고 실기만으로도 서울 소재 대학에 갈 수 있는 기회가 생겼다는 생각에 앞도 뒤도 보지 않고 미술 대학에 가겠다고 엄마에게 선언을 했다.

당시 가정 형편을 생각하면 철이 없어도 유분수지 그야말로 가당찮은 선언이었다. 더구나 어쩌다 걸린 '동상'은 심사 위원들의 근무 태만이 아니면 동점자들 사이에서 어부지리 한 결과였을지도 모른다. 몇 년씩 전문적인 개인 지도와 입시 미술을 거쳐 갈고 닦은 실력을 가진 학생들도 그 대학에 합격하기란 낙타가 바늘구멍으로 들어가는 것보다 더 어렵다는 것을 꿈에도 알지 못했다. 나는 오로지 본고사를 치르지 않고도 서울에 있는 대학에 갈 수 있다는 사실 하나만으로 또 한번 '벋대기' 작전에 들어갔다. 아무리 철이 없어도 그렇지 여전히 과거의 사장님 대접 받던 자존심 하나만으로 백수 노릇을 고수하는 아버지와 여전히 밥 먹듯 밤샘하며 바느질을 하는 엄마, 그리고 여전히 남의 집 신세를 면치 못하고 있는 상황에서 미술 대학 진학이 가당키나 한 것인가.

아무려나, 나는 그때부터 밤이나 낮이나 그림을 그리기 시작했다. 그림에도 기초가 있고, 단계가 있는 것인데, 고삼 여름에서야 미술 대학에 가겠다고 나선 나를 딱하게 여겼던 미술 선생님은 대학 동창이 운영하는 사설 미술 학원에 소개를 시켜 주었다. 나는 그곳에서 거의 모든 시간을 보내고 그것도 모자라 내 방이 따로 있을 리 없던 집에서는 마루 한편에 이젤을 놓고 새벽녘까지 그림에만 매달렸다.

그렇게 보낸 지 두세 달 됐을까? 찬바람이 불기 시작하고 예비고사를 얼마 남기지 않았을 때였다. 그날도 추운 마루에서 새벽까지 그림을 그리고 있던 나를 발견하고는 엄마는 방으로 들어가 아버지와 이야기를 나누었다. 워낙에 좁은 집이라 마루랄 것도 방이랄 것도 없이 바로 옆에서 이야기하는 것처럼 잘 들렸다.

"쟈가 저렇게 미대 간다고 난린디, 보내야 쓸랑갑소. 인자는 쟈 밑으로 동생도 없고 쟈가 끝인디, 지 하고 싶은 것 좀 허게 해 줘도 될 거 아니오?"

엄마는 혹시라도 내가 들을까 봐 낮은 목소리로 조곤조곤 말을 이어갔지만 이어폰 꽂은 것보다 더 선명하게 들렸다. 아버지는 자신이 돈을 댈 것이 아니라서 그랬는지, 아니면 오랜만에 엄마가 그래도 남편이라고 의논을 청해 온 게 흐뭇해서였는지 느긋하게 대답을 했다.

"그러소. 또 아는가? 유명한 화가가 돼서 부모 호강시

켜 줄지……."

한참 후 방문이 열리고 엄마는 내 곁으로 와 머리를 쓰다듬으며 입을 열었다.

"막내야, 미대에 갈라믄 돈도 엄청 많이 든다는데, 내

가 그 뒷바라지 할 자신은 없다. 그래도 니가 이렇게까지

가고 싶다는데 어쩌겠냐. 나중에야 어떻게 되더라도 시

험 때까지 얼마 안 남았응께 니 하고 싶은 대로 해라."

그 순간, 나는 기쁘다기보다는 갑자기 두려운 마음이 생겼다. 아, 나는 과연 합격할 수 있을까…….

맹렬히 그림 연습을 했다. 그러나 단 몇 개월 만에 수년 간 갈고 닦아 온 다른 입시생들을 제치고 합격을 바란다는 자체가 어불성설이었는지도 모르겠다. 나는 소묘 시험장에서 아폴로 석고상을 앞에 두고

데생을 할 때 이미 기가 꺾였다. 내 주위에는 재수생도 아니고 삼수생도 아닌 거의 직업적인 화가처럼 보이는 남학생(?)들이 능숙하고 여유 작작한 손놀림으로 선과 명암을 이어가고 있었다. 아무리 봐도 내 소묘는 그들의 솜씨에 비하면 유치원생 것처럼 보였다. 한번 기가 꺾인 나는 그다음 이어지는 수채화는 어떻게 완성했는지 기억조차 나지 않았다. 결과는 낙방이었다. 그러나 엄마는 나의 합격 여부에 대해 물어보지 않았다.

그렇게 입시 철이 지나고 다시 봄이 와서 재수를 시작해야 할 무렵, 엄마는 단 한 마디 했다.

> "니가 미대 못 간 건 좀 아깝지만 어려서부터 공부 머리가 영 없지는 않았응께, 우리 막내 대학 잘 갈 거다."

더 이상 미대를 고집할 수 없었다. 그렇다고 교대는 가기 싫었다. 다행히 입학 장학금을 받고 서울 소재 대학에 진학을 했다. 그렇게 나의 미대 진학 실패기는 막을 내렸다. 그러나 새벽녘 마루에서 미대에 가고 싶으면 가라며 내 머리를 쓰다듬어 주던 엄마의 손길을 떠올리면 나는 지금까지도 마음이 따뜻해진다. 부모 자식 간에 이 정도의 추억이 있고, 따뜻함을 떠올릴 수 있다면 나는 절대로 '죽었나, 살았나'만 확인받고 자라온 게 아니었다. 더구나 그 어려운 환경 속에서 그것도 딸년(?)을 선뜻 미술 대학에 보내기로 결정하기가 그리 쉬운 일이었겠는가? 네버! 나는 절대로 '죽었나, 살았나'만 확인받고 자라온 게 아니었다. 네버!

'죽었나, 살았나'를 뛰어넘은 엄마 사랑의 완결판은 내가 결혼할 무렵부터 엄마가 돌아가실 때까지 이어졌다. 바로 막냇사위에 대한 사려 깊은 사랑이다. 그렇게 난리를 피우고 진학한 대학에서 나는 1980년대 학번이라면 쉽게 피해가기 어려웠던 학생 운동에 몸을 담았다. 졸업 후에는 노동 현장 활동을 하다 그곳에서 남편을 만나 결혼을 결심했다. 남편은 학생 운동을 하다 1981년도에 강제 징집을 당했고, 대학 제적을 당했다. 당연히 학교에는 복학하지 못한 상태였다.

대학 때부터 집회나 시위 건으로 지도 교수나 학과장의 잦은 소환을 받았던 엄마는 이미 말로 타일러서 해결될 문제가 아니라는 걸 알았는지 나의 진로에 대해서는 별말을 안 했다. 다만 1989년 내가 스물아홉이 되던 해, 미국으로 시집 간 언니한테 나를 보내서 그곳에서 공부를 계속 시키고자 비자 받을 준비를 했던 때가 있었다. 그때만 해도 비자를 받으려면 미국 대사관에서 인터뷰까지 하던 시절이어서 엄마는 미국 비자를 받게 대사관으로 가자는 말을 내게 어떻게 할까 궁리를 하던 차였다고 한다. 그런 와중에 나는 난데없이 결혼을 하겠다며 엄마에게 남편을 데리고 갔다.

남편은 직장이 없었다. 대학도 졸업 못 했다. 게다가 동성동본이었다(그때는 동성동본 결혼이 법적으로 허용되지 않았다. 한시적 특례법 형태로 동성동본 부부가 혼인 신고를 할 수 있도록 몇 차례 풀어 주기는 했지만 동성동본 금혼 폐지는 공식적으로 2005년 3월 31일에서이다.). 아무리 염치없는 막무가내 막내라지만 결혼하기에는 턱없는 상황이라는 것쯤은 나도 너무 잘 알고 있었다. 그런데도 어쩐지 승낙해 줄 것 같았다. 당시 종로구 광장 시장에서 '규수방'이라는 한복집을 운영하고 있던 엄마에게 남편을 데리고 가서 희망을 안고 인사를 시켰다.

남편을 처음 본 엄마는 행색을 살펴보고 어느 정도 짐작이 갔는지 남편 신상 관련 질문은 하나도 하지 않았다. 그저 밥은 먹었는가, 과일이라도 좀 먹을랑가, 여기 배달 커피가 맛난데 좀 마실랑가 하면서 힐끗힐끗 남편의 얼굴만 살펴볼 뿐 별말이 없었다. 그때나 지금이나 넉살 좋은 남편은 시종일관 웃는 얼굴로 엄마에게 우스갯소리만 하다가 물러났다. 나는 엄마 가게에서 청소를 하는 척 이것저것 치우면서 엄마의 반응을 살폈다. 엄마는 한동안 말이 없다가 대뜸 "그 집에서는 뭐라고 하더냐?"라고 물었다.

사실 그때까지 남편 부모에게 정식으로 인사드리지 못 했다. 얼굴이나 한번 보자는 남편 어머니의 말을 뒤늦게 전해 들었다. 나는 당시 인천 지역 운동 단체 사무국 일 보랴, 생활비 충당 위해 과외하랴 나름 바쁜 가운데 부랴부랴 남편 집으로 달려갔다. 정식으로 결혼 이야기가 나온 것도 아니었기 때문에 시어머니 역시 별다른 말이 없었다. 간단하게 인사만 드리고 나왔다. 그런데, 싸 들고 다니던 보온 도시락을 그만 놓고 나왔다. 이튿날 과외하던 아파트 놀이터로 나와 아버지한테 도시락을 받아 가라고 남편에게서 연락이 왔다. 당시 시아버지는 개인택시를 운전했는데 뭘 하는지도 모르게 바쁘기만 한 아들을 대신해서 손수 도시락을 전해 주었다. "밥은 굶지 말아야지." 하며 놀이터 벤치에서 도시락을 전해 주고, 노란색 개인택시 유니폼 주머니에서 껌도 하나 꺼내 주었다. 당연히 빈 도시락일 거라고 생각했는데 건네받은 도시락이 묵직했다. 택시에 오른 시아버지에게 인사를 드리고 혹시나 하는 마음에 보온 도시락 고리를 풀어 뚜껑을 열어 보았다.

곱게 다져지지는 않았지만 군침 돌게 하는 마늘 양념이 배인 멸치볶음, 고르게 구멍이 뚫린 채 빛 고운 갈색을 내보이는 연근 조림, 좀 짜지만 감칠맛이 나는 경상도식 김치와 맑은 시래기 된장국이 담긴 도시락을 받아 들고 나도 모르게 그 집 며느리가 될 운명임을 직감했다. 게다가 도시락을 건네주고 총총히 사라지던 시아버지의 뒷모습에서 한량으로 지내다 어쩌다 한 번씩 집에 들렀던 우리 아버지에게서는 한번도 경험해 보지 못한 '부정父情'을 처음으로 느껴 울컥했다. '아, 저분이 내 시아버지가 되실 분일까' 하는 생각도 했던 것 같다.

시아버지뿐만이 아니었다. 어렸을 때부터 늘 바느질을 하느라 바빴던 엄마의 잔정에 굶주려 있던 나에게 시어머니가 싸 준 그때의 도시락은 이미 그 집 식구가 된 듯한 착각에 빠지게 했다. 넉넉하지는 않더라도 자상하신 아버지와 알뜰하게 살림하는 어머니가 있는 '정상가족(?)'을 내가 무척이나 그리워했다는 것을 처음 깨달았다.

청소를 하다 말고 엄마에게 그때의 도시락 건에 대해서만 간단히 얘기했다. 엄마는 내 얘기를 들은 후, 짓던 저고리 동정을 말없이 꿰맸다. 그리고 일 년이 채 안 돼 나는 남편과 결혼식장에 들어섰다.

결혼 후, 남편이 제적당한 대학에 다시 복학을 하고(1993년, 김영삼 정권은 그동안 학생 운동 건으로 제적당한 대학생들에 대해 대대적으로 구제 정책을 폈다.) 졸업 후 새로운 직업을 찾기까지 몇 년 동안 엄마는 단 한 번도 남편에게 경제적인 이야기는 하지 않았다. 친정집 식구들이 모일 때면 혹시라도 돈벌이 못하는 막냇사위 기죽을까 봐 오히려 나와 남편 눈치 보기 바빴다.

결혼해서 남편이 직장을 잡기까지 근 육 년 동안 집안 경제를 꾸려 간 것은 온전히 내 몫이었다. 엄마는 당신 딸이 돈벌이하느라 고생한다는 공치사도 일절 없었다. 딸이 동분서주 집안 경제를 꾸려 나가는 것에 대해 한번쯤은 언급할 만도 했겠는데 말이다. 엄마는 아버지의 오랜 한량 생활을 통해서 돈은 꼭 남자가 벌라는 법이 있는가, 누가 벌든 벌 수 있는 사람이 벌어서 먹고 살면 되는 게 아닌가 하는 생각이 몸에 밴 것 같았다. 엄마는 페미니스트는 아니었지만 어쭙잖게 페미니즘을 부르짖던 막내 딸년의 코를 납작하게 만들었던 것이다.

칠순 무렵 엄마는 광장 시장 한복집을 접고 나이 마흔에 대학원에 진학한 막내딸네 가사를 삼 년 정도 도왔다. 엄마는 내가 바쁜 날이면 막냇사위의 밥상을 살뜰하게 챙겨 주었다. 엄마표 페미니즘의 수혜를 가장 많이 받은 남편은 엄마가 돌아가실 때까지 뒤늦게 배운 침과 뜸으로 노력 봉사를 하면서 장모의 마지막을 함께 했다. 내가 강의 준비로 바빠서 미처 엄마에게 가지 못하는 날이면 내 대신 달려가서 장모의 밥 수발과 똥 기저귀 갈기를 마다하지 않았다. 장모의 사려 깊은 사위 사랑에 남편은 끝까지 의리를 지켰다.

1929년생, 서정순:
재주가 많으면 평생 고생한다더니

우리 엄마 서정순 여사의 일생을 한마디로 압축한다면, '한복계의 숨은 장인'이라고 할 수 있다.

"엄마는 타고난 한복 장인이야. 단순히 먹고 살기 위해
한복을 지었다기보다는 한복 짓는 것을 누구보다 좋아했
기 때문에 업으로 삼았고, 평생 이어갔던 거야."

엄마 밑에서 꽤 오랫동안 한복을 배우고 함께 한복 가게를 운영했던 넷째 언니는 늘 "엄마는 타고난 한복 장인이야."로 시작 해 엄마를 회상한다. 물론 일곱이나 되는 자식들을 혼자 힘으로 먹이고 가르치기

위해서 한 일이었지만, 가까이서 본 엄마에게는 여느 한복 기술자와는 다른 장인의 풍모가 있었다는 것이다.

일감이 없는 여름철이면 한복 기술자들은 대부분 놀러가거나 그동안 밀린 잠을 자면서 시간을 보낸다. 그러나 엄마는 그때도 빠짐없이 가게에 나가 그동안 모아 두었던 자투리 천으로 집안 식구들이 여름에 입을 만한 시원한 모시 깨끼저고리나 바지를 만들어 사위들에게 선물을 하는가 하면, 형형색색의 천을 이은 색동저고리를 만들어 다가올 명절에 손주들에게 입힐 한복 일체를 미리 준비해 두었는데, 그런 일은 단순히 생계만을 위해 일하는 사람들로서는 할 수 없다는 것이 언니의 논리였다.

게다가 한복을 만들면서 남은 조각 천 하나라도 결코 버리는 법 없이 모아두었다가 요리조리 궁리하여 이불 홑청을 만들었다. 웬만한 명인들 작품은 저리 가라할 정도로 작품성도 높아서 그 홑청을 선물로 받은 사돈들은 하나같이 칭찬 일색이었다. 나 역시 결혼할 때 엄마가 해 준 이불 홑청 덕택에 시어머니에게 감사의 인사를 꽤나 오랫동안 받았다. 나는 엄마가 선물해 주었던 짜깁기 모시 이불을 근 삼십여 년 덮었는데, 어쩌다 우리 집에서 잠을 자게 된 지인들은 모두 다 그 이불을 부러워했다.

이 이야기는 엄마가 한복 장인의 풍모를 지녔다는 몇 가지 예에 불과하다. 엄마는 광장 시장의 포목점을 상대로 한복을 지었던 기술자 중에서 가장 솜씨 좋은 기술자 대접을 받았다. 단순히 솜씨만 좋은 것이 아니라 온갖 종류의 한복을 다 통달하고 지어낼 수 있었던 유일한 기술자이기도 했다.

여느 기술자들은 대부분 여자 한복, 남자 한복을 구분해서 한복을 지었다. 그중에서도 저고리면 저고리, 치마면 치마 등의 특정 종류만 취급해서 한복을 지었다. 다양한 옷보다는 특정 옷만 지어야 빠른 시간 안에 수입을 올릴 수 있기 때문이다. 그래서 당시 광장 시장 한복 가게에서는 온갖 종류의 한복을 지을 수 있는 엄마같은 기술자가 드물었다.

엄마는 여자들 마고자, 두루마기, 저고리, 치마는 물론이요, 속곳에서부터 모시 적삼, 깨끼저고리에도 모두 통달했다. 남자들 두루마기, 마고자, 바지, 저고리, 심지어 사모관대까지 무엇 하나 빠지는 것 없이 두루 해낼 수 있는 유일한 기술자였다. 당시 많은 한복 기술자들이 단기간의 수입만을 바라고 한 가지 종류에만 집중적으로 달라붙어 한복을 지었다면, 엄마는 그야말로 '한복 장인'라 할 수 있는 전문가의 길을 걸었던 것이다. 엄마가 그렇게 다양한 한복을 지을 수 있게 된 데에는 어렸을 적부터 양반 규수로 자라면서 익힌 바느질 솜씨가 한몫했던 것 같다.

1929년 1월 9일, 전라남도 나주군 봉황면 철야 140번지에서 외할아버지 서계수와 외할머니 고광례 사이에서 태어난 엄마는 5녀 1남 중 다섯째 딸이었다(엄마의 첫째 언니와 둘째 언니는 엄마가 어렸을 때 세상을 떠났고, 외할머니의 유일한 아들이었던 엄마의 남동생은 여섯 살 때 열병으로 그만 죽고 말았다 한다.).

엄마는 나주 봉황 초등학교(당시는 국민학교)를 마친 후 상급 학교에 진학하는 대신 집에서 살림을 익히는 수업을 했다. 다른 무엇보다 한복 짓는 데 소질이 있었다고 한다. 당시 외가는 나주 봉황면에서 많은 논밭과 양조장까지 소유한 부잣집이었다. 외할아버지는 배재 학당을 나온 인텔리 출신이었고, 외할머니도 나주에서 강진까지 걸쳐 논밭을 소유한 집안의 딸인 만큼 부유층이었다. 그러나 외할아버지는 엄마 위의 두 딸과는 달리 막내딸인 엄마에게는 집에서 조용히 신부 수업을 받다가 시집을 가라며 상급 학교 진학을 시키지 않았다고 한다. 다섯째 딸이어서 일명 '오데기'로 불렸던 엄마는 국민학교를 졸업한 후, 외할아버지 뜻대로 집안에서 신부 수업을 착실히 쌓았다.

그 당시에는 딸이 많은 부잣집만 골라 다니면서 비단을 팔곤 했던 일명 '농지기'(딸들을 시집보내기 위해 미리 혼수용으로 비단을 사다가 장롱에 보관하는 것) 장사꾼들이 있었는데, 외할머니는 그들로부터 비단을 끊어다가 장롱에 넣어 두곤 했다고 한다. 엄마는 그 농지기 비단을 가지고 집안 식구들 한복을 짓는 것으로 소일하곤 했다. 누구에게 특별히 배운 것도 없이 외할아버지 마고자와 두루마기, 저고리, 바지 등을 철철이 지어서 드렸다. 그럴 때마다 외할아버지는 매우 흡족해 했다고 한다. 외할아버지 옷뿐만 아니라 가까운 친인척 결혼식 때는 사모관대까지 지어서 마을 사람들에게 재주꾼으로 칭찬을 받곤 했다. 이때 쌓았던 다양한 경험이 훗날 광장 시장에서 여러 종류의 한복을 지을 수 있는 기술로 이어졌던 것 같다.

그처럼 엄마는 시집가기 전부터 온 집안 식구들 옷과 마을 사람들의 대소사에 필요한 옷들을 두루 지었다. 단순히 생계 수단으로 한복을 배운 기술자들과는 차원이 달랐기 때문에 광장 시장의 포목점 주인들은 엄마의 기술을 미끼 삼아 손님을 끌어들이고자 엄마를 놓치지 않으려 했다. 엄마를 끌어들이기 위해 각종 선물 공세나 인센티브 유혹도 만만찮았다. 그러나 내가 보았던 당시 엄마는 여러 곳에서 러브콜을 받아도 아랑곳하지 않고 주거래 포목점이었던 '대창 상회'와만 관계를 맺었다. 솜씨가 좋았지만 엄마는 자신의 솜씨를 가지고 흥정을 할 만큼 상업적인 마인드는 지니지 못했다.

한복 짓는 일로 소일하면서 신부 수업을 받던 엄마는 한국 전쟁이 발발하고 잠시 조용해지던 1950년 가을에 '양지 마을'(현재 광주광역시 북구 양지 마을 길 17의 5)로 시집을 갔다. 엄마의 남편이자 나의 아버지인 김의영은 친할아버지 김종운과 친할머니 정야매의 2남 2녀 중 차남으로, 결혼 당시에는 농업 학교를 졸업하고 소학교 교사로 근무 중이었다. 집안이 넉넉지 못해서 천석꾼 집안이었던 할머니 댁의 데릴사위 격으로 들어간 할아버지는 양지 마을에서 처가살이를 했다. 엄마가 시집가서 지냈던 시댁은 할머니의 남동생이 이끌었던 천석꾼 집안으로 남부럽잖은 부잣집이었다고 한다.

그 당시에는 여자가 결혼을 하면 '묵힌다'고 해서 친정에서 이 년 정도 지내다가 시댁에 들어가는 것이 상례였다. 하지만 우리집에서는 전쟁 중에 서로 어찌될 줄 모르니 며느리와 지내야 한다며 혼례가 끝나자마자 외가에서 엄마를 데려왔다고 한다. 엄마는 전쟁으로 어수선한 시국에 재봉틀 하나만 이고 시댁으로 들어갔다. 할머니의 남동생 '사동 할아버지'의 신임을 한몸에 받으면서 그곳에서도 한복을 지어 시댁 식구들의 호감을 산 모양이었다. 친할머니의 남동생인 '사동 할아버지'의 세 아들들은 훗날 의사, 전매청장, 교수이자 강남의 아파트에서 거주하는 상류 계층이 되었다. 그래도 자녀들의 결혼식이나 집안의 행사 때 필요한 한복만큼은 초라하기 그지없었던 엄마의 가게에 와서 맞추곤 했다. 자신들이 양지 마을에서 보았던 엄마의 한복 솜씨를 능가할 데가 없다는 게 그 이유였다.

'사동 할아버지'의 후원으로 일본 와세대 대학 건축학과를 졸업한 큰아버지가 광주에서 '대양 건설'이라는 회사를 차린 후, 교사였던 아버지를 부사장으로 불러들이면서 엄마는 아버지를 따라 전남 고흥으로 내려갔다. 그때 엄마는 시댁인 양지 마을에서 맏딸(1951년생)을 낳은 후였다. 큰아버지 회사에서 따낸 고흥의 수리 조합 공사 일을 맡게 된 아버지와 고흥군 도화면으로 간 엄마는 그곳에서 둘째 딸(1953년생), 셋째 딸(1955년생), 넷째 딸(1957년생)을 낳았다. 고흥에서 공사가 끝나자 광주시 계림동으로 이사한 후, 쌍둥이 아들(1959년생)과 다섯째 딸인 나(1961년생)를 낳았다.

광주시 계림동에 기거하면서 아버지가 '무등 산장'까지 함께 운영했던 때까지 우리 집 형편은 엄마가 부잣집 사모님 소리를 듣기에 부족함이 없었다. 하지만 큰아버지가 갑작스럽게 돌아가시고, 그에 따라 아버지가 큰 빚을 진 후 파산하기까지는 그리 오랜 시간이 걸리지 않았다. 부유한 집안에서 태어나 신부 수업으로 익힌 엄마의 한복 솜씨는 이제 가족들의 생계를 잇기 위해 유일한 수단이 되었다. 사모님 소리를 들으며 지내던 시절에 사귀었던 부유층 지인들의 소개로 삯바느질을 하면서 엄마는 자식들을 먹이고, 가르치고, 치매 걸린 시부모들까지 봉양해야만 했다.

같이 어울렸던 부잣집 마나님들의 삯을 받고, 그들이 입을 한복이 자신의 손끝에서 완성되는 것을 보면서 엄마는 무슨 생각을 했을까……. 그 당시 엄마가 저수지에 가서 농약을 먹고 빠져 죽으려고 했다가 자식들이 눈에 밟혀서 다시 돌아왔다는 얘기는 훗날 넷째 언니에게 전해 들었다.

엄마는 자신의 한복 솜씨를 생계 수단 삼아서 파산한 집안을 부여안고 나머지 인생을 꾸려 왔다. 전남 나주군 봉황면에서 시작된 어린 소녀 서정순의 한복 짓는 재주는 결혼을 한 후, 광주에서 서울의 광장시장 한복집으로 이어지기까지 어디서나 환영을 받았다. 그 덕에 일곱이나 되는 자식들은 모두 다 장성하여 학교를 마치고, 결혼을 하고 손주들도 열세 명으로 불어났다.

엄마가 돌아가신 후, 엄마를 회상하는 가까운 친지들은 어려서부터 한복 짓는 재주가 뛰어났던 엄마가 결국은 그 길로 인생을 마쳤다고 입을 모았다.

'한복계의 숨은 장인' 우리 엄마, 서정순의 약전은 '한복'으로 시작해서 '한복'으로 끝나도 부족함이 없을 것이다.

병상 기록 1

엄마가 치매라니: 치매의 증상과 진단

(2016년 9월~2017년 1월)

2016년 11월 하순 경, 엄마는 건강 보험 공단의 장기 요양 보험 진단 결과 요양 등급 4등급을 받았다. 자식들을 모두 결혼 시켜 내보내고 혼자서 잘 지내던 엄마가 혈관성 치매 판정을 받은 것이다.

1980년 3월, 광주에서 서울로 올라온 후, 이십 년 넘게 종로 오 가 광장 시장에서 포목점을 상대로 한복을 지으며 칠 남매를 모두 교육시키고 결혼시켰던 엄마가(한량으로 지내던 아버지는 뇌졸중으로 짧게 고생하다 1980년 11월 19일 세상을 뜨셨다.) 2016년 초부터(당시 여든일곱 살) 조금씩 불안 증세와 가벼운 기억 상실 증세를 보였다. 아니 좀 더 정확히 따져 보면 2015년 겨울부터 이미 엄마의 치매 전조 현상이 나타났다고 할 수 있다.

그토록 독립적이던 엄마가 혼자 있는 것이 가끔씩 무섭다고 말을 하는가 하면, 간혹 자기 혼자 집에 두지 말라고 했다. 예전 같으면 엄마 입에서 나올 소리는 결코 아니었다. 나를 비롯 언니들이나 오빠는 엄마가 나이 들어 마음이 약해졌다고 별로 대수롭지 않게 여기고 지나갔다(엄마가 교육시키고 출가시킨 자식은 모두 일곱이었지만 이때 엄마 가까이 남은 자식들은 넷뿐이었다. 맏이였던 큰언니는 2014년 암으로 세상을 떴고, 셋째 언니와 쌍둥이 둘째 오빠는 미국에서 각자 가정을 꾸리고 있었다. 게다가 둘째 언니는 여전히 광주에 남아 있어 실질적으로 엄마 가까이에 있는 자식들은 나와 넷째 언니, 그리고 쌍둥이 큰오빠, 이렇게 셋이었다.). 다만 엄마를 자주 찾아뵙자는 얘기는 서로 나눴다. 그리고 엄마네 집 근처에 오빠가 살고 있었기 때문에 오빠가 자주 방문하는 만큼 큰 걱정은 하지 않았다. 더군다나 자존심이 무척이나 강했던 엄마는 자식들이 찾아가면 자식들에게 걱정을 시키면 안 된다는 생각 때문에 정신을 더 말짱하게 보이려고 했는지, 자식들이 있을 때는 아무런 문제가 없어 보였다. 가까이서 엄마한테 자주 드나드는 오빠도 별 문제 없다고 해서 우리는 그게 치매의 전조라는 걸 전혀 눈치채지 못했다. 가끔씩 걱정은 됐지만 '설마, 우리 엄마가? 아니겠지. 나이 들면서 마음이 약해지신 탓이겠지.' 하면서 문제 삼지 않았다.

그러나 몇 가지 눈에 띄는 전조 증상은 있었다. 가령 안양 넷째 언니에게 전화를 해서 "밥을 어떻게 짓지?"라고 물어보기도 했고(너무나 어처구니없는 질문에 언니는 웃으면서 "아휴, 우린 엄마 밥 짓기 싫으신가 보네. 밥 짓기 싫으면, 그냥 사드세요."라며 말끝에 밥 짓는 방법을 간단히 알려 줬다고 한다.), 내가 몇 시에 도착할 거라고 전화를 한 후 엄마네 아파트 승강기에서 내리는 순간, 엄마는 승강기 앞에서 거의 울상이 된 채 내 어깨를 부여잡고 왜 이제야 오느냐고 성화를 부렸던 적도 있었다. 엄마는 내 전화를 받은 그때부터 몇 시간을 승강기 앞에서 나를 기다렸던 것이다. 나는 네 시간 후에 도착할 수 있는 시간을 말했는데 엄마는 기억을 못했던 것이다. 그때만 해도 나는 엄마한테 자주 찾아오지 않는 자식에 대한 투정(?)이려니 생각했다. 너무 안일한 생각이었다.

그러다가 2016년, 여름 지나고 가을부터는 엄마에게 이상 징후가 본격적으로 느껴지기 시작했다. 말을 하다가 단어를 잊어 말을 잇지 못할 때가 자주 있었다. 한번은 경비 아저씨에게 엄마가 좀 이상하다는 말을 들었다. 경비 아저씨 말로는 같이 노인정에 나가는 할머니들에게 엄마가 왕따 비슷한 것을 당하고, 이 사람, 저 사람에게 돈을 막 나눠 준다는 거였다. 워낙 남에게 폐 끼치기 싫어하는 엄마 성격에 뭔가 결벽증 비슷한 게 생긴 건가 생각했는데 그게 아니었다. 노인정 할머니들끼리 어울려서 알뜰 시장에서 물건을 살 때 엄마가 돈을 미처 가져오지 못해서 이웃 할머니께 빌리고는 돈을 자꾸 준다는 것이었다. 경비 아저씨가 분명히 돈을 드리는 것을 보았는데 다음에 또 주고, 또 주고 한다는 것이다.

그런데 그중에 좀 악의적인 할머니 한 분이 엄마를 시험하려고 했는지, 장난삼아 그랬는지, 할머니들끼리 모여서 놀다가 "604호 할머니, 왜 돈 안 줘?"라고 하자, 엄마는 빨개진 얼굴로 불같이 화를 내며 "그까짓 돈, 주면 되지 왜 사람을 도둑 취급 하느냐"며 소리 질렀다고 한다. 다행히 위층 사는 할머니의 중재로 사건은 무마되었지만, 그 일로 엄마는 며칠을 식사도 못하고 힘들게 지냈다고 경비 아저씨는 자초지종을 얘기해 주었다. 그 무렵 나는 엄마가 아무래도 안심이 안 돼 들를 때마다 경비 아저씨에게 음료수를 건네며 우리 엄마 좀 잘 부탁드린다는 인사를 빼놓지 않았던 터였다.

그 이야기를 듣고 난 며칠 뒤 엄마에게 들렀을 때, 위층 사는 할머니가 나를 좀 보자고 했다. 할머니는 아무래도 엄마가 좀 이상한 것 같으니 병원에 가서 검사를 한번 받아보는 게 좋겠다고 했다. 경비 아저씨 말씀과 위층 할머니 말씀을 토대로 하자면 일종의 채매 증상이 분명해 보였다. 오빠에게 엄마가 치매 검사를 받아보는 게 좋을 것 같다고 했지만 오빠는 별 문제가 없는 것으로 파악하고 있었다. 그때까지도 별일이 없는 한 오빠는 퇴근하고 나면 엄마네 집에 들러 엄마 상태를 살펴보고 엄마가 해 주는 저녁밥을 먹었으니, 오빠는 그저 말 많은 할머니들의 소동 정도로만 생각을 했던 것이다. "그래? 엄마가 돈 계산도 정확하고, 관리비 명세서도 다 꼼꼼하게 챙기는데 뭐가 문제지?" 하는 식이었다. 치매는 가까운 가족이 인지를 더 못한다더니 그 말이 맞는 모양이었다. 의심하게 된 내 눈에는 엄마의 모든 행동이 치매 증후로 보였지만 오빠의 눈에는 늘 보던 평상시 엄마 모습 그대로였던 것이다.*

그 사건 이후 엄마는 점차 대인 기피증이 생겨 밖에도, 노인정에도 잘 나가지 않고 혼자서만 지내시는 시간이 많아졌다. 식사량도 줄어들고 우울증과 불안 증세도 나타나기 시작했다. 더구나 찬바람이 불기 시작하면서부터는 오래된 지병인 심장병도 도져 하루에도 두세 번

---

* 사람들은 대부분 치매 환자들의 정신 행동 증상, 즉 문제 행동이 일어나면 그때야 비로소 주의를 기울인다고 한다. 그러나 '이상한 것 같아'의 경우를 그냥 넘기면 이미 치매는 상당히 진행 중이며 약도 잘 듣지 않게 된다고 한다. 특히나 가까이 지내는 가족들의 경우 노화 현상이라고 아무렇지도 않게 여기기 쉬운데 한번의 사건, 한번의 리스크를 절대 놓치면 안 된다고 전문가들은 충고한다(이성희·유경, 『엄마의 공책』, 궁리, 2018, 33쪽.).

씩 가슴 통증을 호소했다. 그때마다 엄마는 혀 밑에 넣는 니트로글리세린으로 임시 처방을 하곤 했는데 무엇보다도 식사를 거의 안 하는 지경에 이르렀다. 안되겠다 싶어 안양 넷째 언니와 번갈아가며 엄마를 찾아가 식사를 돌봤다. 우리가 미처 못가는 날에는 오빠가 돌보기로 했다.

엄마 집에는 식사 대신 오빠가 사온 죽이며, 만두 등이 가득 쌓였는데도 엄마는 혼자서는 식사를 거의 하지 않았다. 우리가 가서 같이 있어야지만 겨우 한술 뜨곤 했다. 언니나 내가 가지 못한 날에는 오빠가 근무하다가 점심때 나와서 죽이라든가 다른 식사거리를 사 드리고 갔지만 그것도 들지 않는 날이 태반이었다. 어찌됐든 우리 세 명은 돌아가면서 엄마한테 들러 양태를 살피고 식사와 잠자리를 보살폈다.

이즈음 자꾸 글자를 잊는 엄마를 위해 동네 도서관에서 그림책을 대여섯 권 씩 빌려다 읽어 주고 소리 내 읽도록 권하기도 했다. 그리고 짧은 문장은 베껴 쓰게 공책도 마련해서 철자법을 잊지 않도록 몇 번씩 반복해 쓰게끔 유도했다. 다음에 올 때까지 열 번씩 써 놔라 으름장을 놓기도 했다. 엄마는 어이없다는 표정을 지으면서도 신경 쓰는 자식이 고마웠는지 "네, 선생님!" 하면서 활짝 웃기도 했다. 글을 읽다가 지루해지면 엄마가 좋아하는 노래를 틀어 놓고 노래 연습을 하면서 시간을 보냈다. 엄마는 남세스럽게 뭐 이런 걸 하냐며 쑥스러워 하다가도, 치매 방지에 좋다는 광주 고모의 전화를 받은 후부터는 어쩌다 내가 건너뛰기라도 할라치면 서운해 했다.

그리고 나서 저녁 식사 준비 때면 엄마는 조리대로 와 이건 이렇게, 저건 저렇게 하라 잔소리도 꽤 했다. 그럴 때 엄마는 과거의 엄마와 전혀 다를 바가 없었다. 더군다나 방금 지은 밥과 국으로 차린 밥상에서는 식사도 꽤 하셨고 식사 후에는 저녁 드라마를 보며 즐거워하기도 했다. 문제는 늘 집에 갈 시간이 다가올 때였다. 자식들이 가까이 있으면 평상시와 다름없이 잘 지내다가도 자식들이 눈앞에 보이지 않으면 식음을 전폐하고 잠도 잘 못 주무시기 때문이었다. 아홉 시 뉴스가 끝나고 집에 갈 시간이 다가올수록 나는 집에 가야겠다는 말을 어떻게 꺼낼 것인지 초조해지기 일쑤였고, 그런 내 마음을 아는지 엄마는 당신의 눈에는 "가지 마라"고 쓰여 있건만, 입으로는 "어서 가거라, 김 서방이랑 정수 기다리겠다."라며 내 등을 떠밀었다.

늦은 시간에 상계동에서 수원까지 가야 하는 부담감, 집에 가서 또 강의 준비를 해야 하는 압박감 등으로 나는 이러지도 못하고 저러지도 못한 채 시간만 보내다가 가까스로 엄마 집을 빠져나오느라 진땀을 빼야만 했다. 엄마가 잘 주무실까 하는 걱정 반, 어서 집에 가서 쉬고 싶다는 생각 반으로 운전대를 잡고 수원에 도착하면 늘 자정이 다 되었다. 다행히 오빠가 밤에는 엄마한테 와서 잠을 같이 자겠다고 해서 발걸음을 뗄 수 있었다.

　당번을 짜서 엄마 곁을 지키고자 했던 우리 형제들의 임시방편은 그리 길게 가지 못했다. 안양 넷째 형부가 새로 사업을 시작한다는 소식을 접하고 엄마는 안양 언니 계좌로 이백만 원을 송금했다. 며칠 못 가 집에 도둑이 들어서 통장의 돈을 다 훔쳐 갔다고 경비 아저씨에게 소리를 쳤다. 엄마는 통장에 이백만 원이 줄어든 것을 보고 도둑이 훔쳐 갔다고 착각하고 경비 아저씨에게 달려갔던 것이다. 경비 아저씨는 엄마의 횡설수설을 그래도 어찌어찌 알아 듣고는 엄마에게 자초지종을 일러 주었다. 엄마는 그제야 알아들었다는 듯 고개를 끄덕이며 집으로 돌아갔다 했다.

　그 사건으로 하루라도 빨리 치매 검사를 받는 게 나을 것 같다는 형제들의 동의 아래 엄마는 오빠네 부부와 집 근처 을지 병원에서 검사를 받았다. 결과는 혈관성 치매*, 곧이어 국민 건강 보험 공단의 노인 장기 요양 보호 4등급 진단이 나왔다. 4등급이면 치매 초기 중에서도 초기 중간이나 초기 말에 해당되는 단계다.** 아, 우리는 대체 무엇을 한 것일까……

★ 일반적으로 치매의 오륙십 퍼센트를 차지한다는 알츠하이머병 같은 경우는 환자의 인지 기능이 현저하게 악화되기 훨씬 전부터 두뇌의 신경 세포가 서서히 죽기 시작하기 때문에 진단과 치료가 빠를수록 치료 효과가 좋아질 확률이 높다고 한다. 그러나 알츠하이머성 치매 다음으로 많은 혈관성 치매의 경우(전체 치매의 약 이십 퍼센트를 차지한다. 혈관성 치매의 원인으로는 뇌졸중, 고지혈증, 고혈압, 당뇨 등이 있다.) 알츠하이머성 치매에 비해 갑작스러운 발병, 단계적 악화를 보이며, 노인들의 경우는 알츠하이머성 치매와 구분이 되지 않을 수도 있다고 한다(최낙원, 『치매의 모든 것』, 범문에듀케이션, 2018, 23쪽.).

★★ 이 단계(치매 초기 중에서도 중기나 말기에 해당)에서 나타나는 치매 증상은 대체로 다음과 같다.

- 결정이나 선택을 내리지 못한다.
- 남을 탓하는 일이 많고 피해망상증을 보인다.
- 사실과 허구를 구분하지 못한다.
- 상대의 말을 제대로 이해하지 못한다.
- 사람들과 어울리지 못하고 쉽게 좌절하거나 화를 낸다.
- 횡설수설한다.
- 익숙한 단어도 잘 못 사용한다.
- 글 쓰는 데 어려움을 보인다.
- '일상생활 활동'에서 누군가의 감독이 필요하다.
- 지남력指南力 상실이 나타난다. 지남력 상실은 시간, 장소, 사람 순으로 나타난다.
(조앤쾨그니 코스테, 홍선영 옮김, 『알츠하이머병 가족에게 다가가기』, 부키, 2014, 46~47쪽.).

거처를 옮긴 엄마, 안착하지 못하고
(2017년 2월~2017년 4월)

엄마의 치매 판정은 여러모로 지각 변동을 초래했다. 먼저 오빠는 엄마 집을 처분하고 오빠가 살고 있는 집으로 엄마를 모시겠다고 결정을 내렸다. 나와 안양 언니는 매주 한두 번씩 일을 하다가 엄마를 돌보러 헐레벌떡 뛰어가곤 했는데 일단은 한숨 돌릴 수 있겠다 싶어 홀가분하기도 했다. 게다가 오빠가 살고 있는 집은 엄마가 분가하기(1999년) 전까지 같이 지냈던 집이기도 해서 그리 낯설지 않을 거라는 생각에 안심이 되기도 했다. 올케언니가 예전 같지 않은 엄마를 모시기 힘들겠다는 생각이 들었지만, 다행히 동네 데이케어 센터에서 오전 아홉 시부터 지내다 저녁 식사까지 하고 온다고 해서 한시름 놓았다.

그러나, 오랜만에 누려보는 홀가분한 일상은 폭풍 전야의 고요였다. 엄마는 오빠네로 거처를 옮긴 지 일주일이 채 못 가 단축키를 눌러 나와 언니에게 하룻밤에도 수십 번씩 전화를 했다. 처음에는 당신도 다짜고짜 힘든 생활부터 하소연하는 것이 눈치가 보였는지, 딸들의 이런저런 안부 인사에 태연한 척 형식적으로 대답을 하다가 아무래도 내가 이 집에 괜히 온 것 같다, 저녁에 집에 오면 배가 고파 죽겠다, 올케가 나를 상대하지 않는다 등 하소연 끝에 울먹이기까지 했다.

　엄마가 새로 바뀐 환경에 적응하기 쉽지는 않을 거라 예상은 했지만, 그때까지만 해도 언니와 나는 짐을 맡겼다는 미안함이 더 커서 엄마 편을 들기보다는 올케언니를 두둔했다. "엄마가 어른이니까 좀 참고 받아주세요." "그렇게 하는 며느리도 찾기 힘들어요." 식의 사람 좋아 보이는 멘트만 골라 늘어놓았다. 처음 몇 번의 통화에서는 딸들의 제법 인류애적인(?) 멘트에 어떨 때는 "그래, 노인네 생활에 이만하면 잘 지낸다고 봐야겠지."라며 맞장구를 치다가도 어떨 때는 "엄마가 이대로 죽어도 좋냐?, 죽기만을 바라는 거냐?"라는 폭언도 서슴지 않았다. 당신의 불안과 분노 지수가 높을 때는 하룻밤에도 이삼십 통씩 번갈아 가며 나와 언니에게 전화를 했다. 방금 전 전화한 걸 까맣게 잊고 분노가 가라앉지 않으면 엄마는 우리에게 전화를 하고 또 했다. 그렇게 전화에 시달리다 보면 머리맡의 시계는 새벽 세 시를 가리키고 있을 때가 많았다. 그런 날이면 잠자기를 포기해야만 했다.

엄마가 오빠네로 들어가서 그렇게 지낸 지 한 달이 넘었다. 엄마는 무슨 이유에선지 같이 지내게 된 며느리에게 동화하지 못했다. 자꾸 어깃장을 놓아 급기야 올케언니는 한집에 살면서도 가급적이면 엄마를 보지 않는 쪽으로 생활을 하고 있다는 말을 오빠에게서 전해 들었다. 엄마하고 부딪치면, 자신의 멘탈이 정상적으로 작동하기 힘들 거라는 정신과 의사의 권고가 있었다며 올케언니는 되도록 엄마와 부딪치지 않으려고 한다는 것이다. 엄마와 지내기 힘들어 하는 올케언니의 마음도 이해는 갔지만, 울음 섞인 엄마의 전화를 받다보면 아, 이를 어째야 하나, 이 문제를 어떻게 해결해야 하나 하는 생각에 밤잠을 설치는 날이 많았다. 다행인지, 불행인지 엄마는 자신이 무슨 짓을 했는지 다음 날이면 기억을 못 했다. 그러나 그런 상황이 치매 상태의 엄마에게 정서적으로 결코 좋을 리는 없었다.*

아무래도 엄마의 숨통을 좀 틔워 주어야겠기에 안양 언니와 나는 엄마가 다니시는 데이케어 센터로 가서 엄마를 모시고 나와 함께 보내기로 했다. 바깥바람을 쐬면 엄마 기분도 전환되고 마음도 좀 누그러지지 않을까 하는 생각이 들었다. 그렇게 해서 언니와 나는 매주 하루씩 시간을 내서 도시락과 과일을 챙겨들고 엄마와 춘천으로, 양평으로, 남양주로, 태릉으로 소풍을 다녔다. 함께 점심을 먹고, 꽃구경을 하면서 저녁이 되도록 드라이브를 하다가 시내에서 저녁 식사까지 마치고 집에 모셔다 주곤 했다.

엄마는 꽃구경도, 식사도 하며 즐겁게 지내다 해가 질 무렵이면 거의 울상이 됐다. 아마도 집에 들어가서 며느리 볼 일이 마음에 내키지 않았던 모양이다. 그러면서 엄마는 자신만의 방어책으로 '후처 서사'를 지어내고 우리들에게 동의를 얻고자 했다. 내용인 즉, 착한 며느리

---

* 치매 환자는 심리적으로 혼란스럽고 기분이 쉽게 변하기 때문에 작은 일에도 화를 내거나 눈물을 흘리는데, 이는 감정 조절을 잘 못해서 나타나는 일종의 '감정실금'이라고 한다. 이때의 치매 환자는 예전 같으면 그저 넘어갔을 일도 불같이 화를 내거나 서러워서 못 살겠다며 눈물 바람을 자주 한다고도 한다.

치매 노인은 자신이 즐겨 쓰던 물건이나 익숙한 장소, 믿을 수 있는 사람에게 의존하는 마음이 보통 사람보다 훨씬 강하기 때문에 안전하고 안정적인 환경이 필요하며, 치매 노인 주변의 환경에 가능하면 변화가 일어나지 않도록 주의하고 피치 못할 상황이라면 신중하게 결정해야 한다고 한다(이성희·유경, 앞의 책, 79~81쪽.).

우리 형제들은 엄마의 거처를 옮기는 것에 대해, 엄마가 누구와 살 것인가에 대해 좀 더 신중하지 못했다. 치매 환자를 어떻게 보살필 것인가에 대해 너무 무지했던 것이다. 어떻게 하는 것이 치매 환자인 엄마에게 최선이 될 수 있는가보다는 우리들 편의대로 엄마의 삶을 결정했던 것이다. 그럴 생각은 꿈에도 없었지만 우리들의 무지는 엄마의 생활을 힘들게 하는 데 일조했다.

가 예전에 죽는 바람에 후처가 들어와서는 당신에게 못되게 군다는 것이었다. 그 착한 며느리는 당신에게 무척이나 잘했는데 지금의 후처는 독하기가 이루 말할 수 없다는 것이었다. 엄마의 후처 서사는 꽤나 치밀하게 짜인 각본처럼 완성도가 높았다. 엄마는 토씨 하나 틀리지 않고 우리를 만날 때마다 그 이야기를 반복했다.

언니와 나는 치매 증상의 하나라 이해는 하고 있었지만 어떻게 해야 할지 몰랐다. 엄마 편을 들어? 올케언니 편을 들어? 엄마를 모셔다 주고 돌아설 때마다 언니와 나는 답답하기만 했다. 혹자는 환자의 편을 더 적극적으로 들어주는 것이 환자의 감정 해소에 도움이 된다고도 한다.*하지만 그때까지만 해도 언니와 나는 그렇게 대응할 만큼 반죽이 좋지 못했고, 엄마의 후처 타령을 들을 때마다 엄마의 상태가 더 악화돼가고 있는 건 아닐까 하는 걱정이 앞섰다.**

---

* 치매 환자를 돌볼 때는 될 수 있으면 '아니에요' 소리를 하지 않는 게 좋다고 한다. 환자는 자기가 생각하는 만큼 이야기를 하고 있는데, 중간에 끊고 다른 생각을 꽂아 놓으면 안 된다는 것이다. 그렇기 때문에 치매 환자의 상황을 잘 이해하고, 그에 따른 감정도 잘 알고 이해하면 환자의 문제 행동에 대해서도 좀 더 잘 대처할 수 있다고 한다. 그리고 모든 것의 기본은 '병 때문에 생기는 것'이라는 사실을 잊지 말아야 하며, 그대로 받아주면 힘들게 하던 치매 환자도 성질이 누그러든다고 한다(위의 책, 107쪽.).

** 엄마의 '후처 서사'는 인지 능력이 저하된 치매 환자에게서 흔히 볼 수 있
는 현상이라고 한다. 인지 능력이 저하된 사람은 바깥 세계의 현실을 회피하
는 방향으로 허구의 세계를 만들며 살아가는 것인데, 이것은 기억이나 시간,
장소에 대한 지남력 상실에서 오는 견디기 힘든 불안을 회피하려는 강한 심
리 작용의 결과로 볼 수 있다는 것이다. 의학계에서는 이를 '가상 현실 증후
군'이라고 한다(오이 겐, 앞의 책, 113쪽.).

근데, 내가 누구냐: 길고 우울한 '터널 증후군'
(2017년 5월~2019년 2월)

엄마와 했던 소풍도 별 효험이 없는 듯했다. 오빠는 그해 오 월 어버이날이 지난 다음 주에 엄마를 요양원에 모셔야 할 것 같다는 제안을 했다. 그날도 안양 언니와 나는 점심을 싸 들고 엄마에게 가는 길이었는데 잠깐 보자는 연락을 듣고 오빠한테 먼저 들렀던 길이었다. 오빠는 몹시 곤혹스러운 표정으로 엄마를 더 이상 집에서 모시는 것은 어려울 것 같다며, 아무래도 요양원에 모셔야겠다는 얘기를 힘들게 꺼냈다. 내막을 굳이 듣지 않아도 그간의 정황을 더듬어 보면 충분히 힘든 사정임을 짐작할 수 있었다.

언니와 나는 엄마를 요양원에 모시더라도 적당한 곳을 알아보기까지는 시간이 좀 걸릴 것 같다, 아무리 아들네 집이라고 하더라도 지금까지 혼자서 독립적으로 살아오신 분이라서 엄마도 적응을 못 한 것 같으니 상황을 봐서 결정을 하자, 지금 엄마가 요양원으로 간다면 너무 충격도 클 것 같고 치매도 더 악화되실 것 같다, 그때까지는 우리들이 번갈아 가며 주말에는 엄마를 모셔다가 함께 지내보겠다 등의 얘기 끝에 한 주는 언니네 집에서, 한 주는 우리 집에서 모시기로 했다.

그 후 나와 언니는 매주 토요일이면 번갈아 데이케어 센터에서 엄마를 모시고 왔다. 엄마는 딸네들 집에서 주말을 보내다 일요일 저녁 식사를 마치고 다시 상계동 오빠네로 돌아가는 생활을 근 이 년 가까이 (2017년 5월부터 2019년 2월까지) 이어 갔다. 그렇게 지낼 수 있었던 데에는 누구보다도 오빠의 희생이 컸다. 오빠는 출근하기 전에 엄마를 데이케어 센터에 보내고 저녁이면 엄마가 오는 시간에 맞춰 엄마 약을 챙겼고 잠자리를 돌봤다. 언니나 나는 주말마다 엄마를 모시고 와 돌보는 일이 쉽지 않음에도, 오빠가 힘들어 하는 것을 생각하면 '아얏' 소리도 해서는 안 된다는 것을 너무 잘 알고 있었다. 다행히도 우리 형제들과 엄마는 서로 적응을 하면서 그렇게 이 년 가까이 엄마와 지냈다. 힘은 들었지만 주말이면 엄마를 보는 것이 일상이 되었다.

이 기간 동안은 나름 평화로운 시기였다. 그러나 엄마의 치매는 꾸준히 진행 중이었다. 엄마는 무엇보다도 당신의 정체성에 대해 답답해 했다. 옆에 있는 자식들에게 "근데, 내가 누구냐?", "나는 결혼은 했냐?", "나한테 자식은 있냐?", "우리 집은 어디냐?" 등의 질문을 계속 했다.

바로 앞에 앉아 있는 자식한테 "나는 자식이 있냐?"고 묻는 엄마는 대체……. 그 질문을 받을 때마다 나는 망연한 기분이 들곤 했다. 스마트폰의 앨범을 꺼내 엄마 자식들이 누구이며, 손주들은 누구인지 설명을 했다. 자식과 손주들이 많은 바람에 가족들 하나하나 소개해 가면서 설명하는 데도 시간이 많이 걸렸다. 설명을 하다보면, 그 순간 엄마의 얼굴은 기억이 돌아오는 듯 환해지다 얼마 못가서 또 다시 질문 공세가 이어졌다.

"내 집은 어디냐?"

엄마는 오빠네로 옮긴 후 자신의 거처가 사라져 버려 몹시도 서러워했다. 매번 전화로 당신 집에 다시 갈 수 없겠느냐고 묻곤 했다. 예전 엄마가 쓰던 자개농이며 침대 등이 놓인 오빠네 집 엄마 방을 사진으로 담아 "여기가 엄마 집이잖아." 자동인형처럼 반복해야만 했다.

그러나 어찌된 일인지, 자식들과 손주들은 사진을 보며 기억을 떠올리면서도 당신이 매일 생활하는 공간임에도 당신 집이라 전혀 수긍하지 않았다. 물론 지남력이 떨어진 상태라서 그럴 수도 있었지만 당신이 오랫동안 몸담았던 장소와 공간 상실은 그 어떤 것으로도 대체될 수 없었는지 집에 대한 집착과 불안은 상당히 커 보였다. 어디에 있어도 집에 가야 한다는 소리를 계속하는가 하면, 심할 때는 당신 집에 가야 한다면서 집 밖으로 나가겠다고 황소고집을 피우기도 했다.*

* "자기己란 기억이다."라는 말도 있듯이 기억하는 것은 살아가야 할 환경과 나를 이어 주는 '연결 기능'이라고 할 수 있다. 그러나 치매 환자의 경우, 기억이라는 연결 기능을 잃게 되면서 불안이라는 정동을 일으키는 경우가 많다고 한다. 불안이란 다음에 어떤 일이 벌어질지 알 수 없을 때, 미래의 불확실함에서 느끼는 불쾌한 정동이다. 지남력 상실에서 오는 시간과 장소와의 연결 소실은 '나'의 존재 감각을 지탱해 오던 '기본적인 연결감'이 사라진다는 것을 의미하며, 이때의 불안 정동은 섬망, 망상, 환각, 배회, 공격적 성격 변화 등으로 나타난다.

불안이라는 고통 상태를 오랜 시간 견뎌 내기는 어렵기 때문에 '나'는 현재의 정보든지, 과거의 기억이든지, 무엇인가와 '연결'되어 있을 필요가 있는데, 그 연결 고리를 어떤 식으로든 이어 주는 작업이 치매 환자를 다룰 때는 필요하다고 한다. 예를 들어 '일몰 증후군' 상태의 환자는 오십 년이 넘게 살아온 자신의 집에 있으면서도 저녁만 되면 집에 가야겠다고 고집을 피우는 경우가 있는데, 그 경우, 간병인이 "오늘은 춥고 늦었으니, 내일 아침에 가요."라고 하면 대부분 진정되는데, 그 이유는 간병인의 말로 그 환자는 또 하나의 연결을 얻었기 때문이라는 의학적 해석도 있다(위의 책, 141쪽.).

치매 환자들에게 장소가 함부로 바뀌면 안 된다고 전문가들은 입을 모아 언급한다. 가뜩이나 기억 상실로 불안 정동에 휩싸인 치매 환자에게 그나마 연결 고리를 끊게 할 수 있기 때문이란다. 치매 환자에게 장소 상실에서 느끼는 불안감은 매우 근원적인 것임에도 우리는 엄마의 뿌리를 통째로 박탈한 것은 아니었을까……. 이때부터 시작된 엄마의 집 타령은 엄마가 요양 병원, 요양원, 그리고 마지막 임시 거처였던 을지 병원 옆의 조그만 아파트로 이어지기까지 결코 끝나지 않았다. 그 집 타령은 엄마의 정신이 일부 남아 있을 때까지 지속되다가 마지막으로 정신이 거의 와해될 무렵에는 '어머니' 소리를 끝없이 외치는 섬망 증세로 바뀌었다.

'집'과 '어머니'는 그렇게 하나의 짝을 이루면서 엄마가 끝까지 붙들고자 했던 기억으로 존재했다. 모든 기억이 다 사라진 후에도 끝까지 남아있는 기억 이전의 기억……. 사실, 따지고 보면 '어머니'는 엄마의 생이 시작된 곳이며, '집'은 엄마 몸이 오랫동안 머물렀던 곳이다. 그 것은 뇌로 하는 기억이 아니라 몸이 간직한 기억이라고 할 수 있다. 엄마 생이 흘러오면서 몸에 밴 기억이 끝까지 사라지지 않고 엄마 몸속에 머물러 있었던 것이다. 그 기억은 뇌세포에서 분비되는 화학 물질이라기보다는 지울 수도 없고, 고칠 수도 없는 엄마 몸, 그 자체였을 것이다.

토요일 오후 데이케어 센터에서 엄마를 모시고 와 주말을 함께 보낼 때, 날씨만 문제없다면 주로 산책이나 드라이브를 했다. 엄마는 그 시간도 좋아했지만 무엇보다도 엄마가 할 일거리를 챙겨서 해 달라고 하면 눈을 반짝이며 제일 좋아 했다. 평생 한복을 지어 그런지 다림질도 너무나 깔끔하게 잘했고, 마늘 까기며, 거실 바닥을 걸레로 훔치는 일 등은 몇 시간에 걸쳐서 하면서도 힘들다는 말 한 마디 없이 즐겁게 했다. 마땅한 일거리가 없을 때는 뜨개질거리를 챙겨 건네면 뜨개질 코를 이어가는 법을 가끔씩 깜박하면서도 예전의 날렵한 손놀림 솜씨는 여전했다. 그때는 "내 집은 어디냐?"라는 반복된 질문도 하지 않았다.*

이 기간 엄마는 밤에 잘 때, 가끔씩 섬망으로 소리를 지르기도 했지만 병원에서 처방받은 신경 안정제를 먹으면 대체로 잘 잤다. 아침이면 별일 없는 한 기분 좋게 일어나 아침 식사를 한 후, 동네 산책과 나들이를 하면 즐거워 했다. 그리고 무엇보다 일요일 늦은 오후에 하는

---

* 치매 환자에게 가장 필요한 것은 자신도 필요한 존재임을 확인하는 것이라고 한다. 치매환자 돌봄 관련 책자를 보면 가능하면 치매 환자에게 아직까지 남아 있는 기능을 중심으로 생활하게끔 한다든가, 환자가 여전히 필요한 존재라는 것을 확인시켜주는 일들이 필요하다고 조언한다.

목욕 시간을 좋아했다. 욕조의 따뜻한 물에 몸을 담그고 난 후, 때를 밀어주면 당신 몸에서 밀려 나오는 때를 보며 "에구, 늙은이가 뭐라고 너무 애쓴다."라고 인사를 꼭 잊지 않았다. 목욕 후 뽀얘진 얼굴에 로션을 발라 주면 "에구, 다 늙어빠진 사람한테 이런 게 뭐 필요해!" 하면서도 얼른 바르라는 듯 얼굴과 손을 내밀기도 했다. 목욕 후 이어지는 막냇사위의 침과 뜸뜨는 시간도 엄마에게는 주요 일과였으며 물론 좋아했다. 언니가 모셔 가는 주말이면 가까이 사는 언니네로 가서 침과 뜸을 놓았고, 음식 솜씨가 좋은 언니는 늘 맛난 요리를 해 주어서 우리는 엄마 덕분에 일요일 저녁 만찬을 즐기곤 했다.

간간이 피해갈 수 없는 피로감이 덮치기는 했으나 지금 생각하면 그래도 엄마에게 할 수 있는 최선의 시간이었다. 그럼에도 엄마는 자식들과의 짧고 즐거운 시간이 지나면 곧바로 우울 모드에 들어갔다. 엄마는 끊임없이 자신의 정체성이 와해되는 것에 힘들어 했고, 우울해 했고 불안해 했다. 엄마는 일명 '터널 증후군*'의 단계에서 자신의 정체성 와해와 무수한 싸움을 하고 있었다.

* '터널 증후군'이란 치매 진행 단계에서 가장 힘든 과도기라고 한다. 이때의 치매 환자들은 때로는 일상적인 기능들을 수행하기도 하지만 때로는 전혀 못할 때도 있다. 인생이 그날그날의 상태와 사정에 따라 "그래도 돌아간다."와 "더 이상은 안 된다." 사이를 왔다 갔다 하는 것으로 당사자가 이런 사실을 알고 있다면, 고통은 가중될 수밖에 없다고 한다. 그래서 어둡고 캄캄한 터널을 지나는 것과 같다는 차원에서 이 단계의 치매 환자에게 붙이는 명칭이 바로 '터널 증후군'이다. 그러나 터널의 끝에서 기다리는 것은 밤이 아니라 빛인 것처럼 터널 안은 캄캄하지만, 그 끝은 대낮처럼 밝을 수 있으며 그 단계에서의 환자는 고통이 끝이 나고, 대신 이완되고 유쾌한 여유를 즐길 수 있는 단계(아마도 치매 말기)에 도달할 수 있다고 한다.

보통 '터널 증후군' 단계의 치매 환자들은 치매에 걸렸지만 반만 제 정신인 그 터널을 완전히 통과하지 못한 상태이다. 그리고 터널이 무너져 가는 과정은 고통을 수반한다. 그러나 어두운 터널 끝, 첫 번째 차원의 정신이 사라진 다음에는 다시 빛이 들고 삶의 즐거움이 찾아들 수도 있다고 한다(랄프 스쿠반, 정범구 옮김, 『안녕하세요, 그런데 누구시죠?』, 삼인, 2016, 100~101쪽.).

병상 기록 2

엄마, 요양 병원 침대에 갇히다
(2019년 2월 28일~2019년 10월)

엄마가 주중이면 나가던 데이케어 센터에서 아무래도 엄마를 모시고 병원에 가 보는 게 좋을 것 같다는 연락을 받은 오빠는 엄마가 을지병원에 입원했다고 소식을 전했다. 그렇잖아도 다리가 아파 지팡이 없이는 걷기 힘든 엄마가 이틀 전부터 자꾸만 엉덩이가 아프다면서 아예 걷지 못했다. 검사를 해 보니 엉덩이뼈에 금이 갔단다. 고관절 골절이 아니라서 천만다행이라 여긴 우리 형제들은 데이케어 센터에 경위를 물어볼 생각조차 못 했다. 그나마 오빠가 지나가는 말로 물어봤지만 할머니들끼리 움직이다가 넘어지셨는지, 아니면 집에서 문제가 생겼던 것은 아니었는지 방어를 하는 바람에 오빠도 더 이상은 캐묻지 못했다고 했다.

병원 정형외과 의사는 큰 문제는 없으나, 당분간은 절대로 움직이면 안 되고 엉덩이뼈를 굳게 하는 주사를 맞으며 절대 안정을 취해야 한다고 했다. 절대 안정에는 기저귀 착용이 불가피하게 따라 붙었다. 화장실도 가면 안 되기 때문에 엄마가 그토록 진저리를 치던 기저귀를 착용할 수밖에 없었다. 데이케어 센터에 나가던 이 년 동안에도 잠자리에서 소변 실수를 더러 했기에 우리는 잠잘 때만이라도 기저귀를 차는 게 어떠냐고 엄마를 설득했지만, 엄마는 기저귀 차는 것을 극도로 싫어했고, 어쩌다가 착용을 했을 때도 자다가 벗어 버리기 일쑤였다. 그러다가 소변 실수를 할 때면 엄마는 속옷을 벗어 장롱 깊숙한 곳 여기저기에 숨겨 두었다. 집 안에서 나는 소변 냄새 때문에 오빠는 매일 장롱을 뒤져 소변이 묻은 속옷을 찾아내는 전쟁을 치러야 한다며 늘 힘들어 했다.

　그렇게나 기저귀 차는 것을 싫어했던 엄마도 어쩔 수 없이 기저귀 차는 생활을 할 수밖에 없게 됐다. 소변이야 소변 줄로 처리되니까 괜찮았지만 문제는 대변이었다. 엄마는 대변이 마려울 때마다 제발 당신을 화장실 변기에 앉혀달라고 했지만, 우리로서는 의사의 엄중한 권고도 있고 해서 엄마를 변기에 앉힐 수도 없었다. 그러다 보면 엄마는 대변볼 시기를 놓치고 일주일이 넘도록 변을 못 보는 변비 상태에 들기도 했다. 변비 치료약을 처방받은 후, 걱정 말고 기저귀에 변을 보라달렸지만 멀쩡한 정신으로 기저귀에 똥을 싼다는 게 사람으로서 할 짓이냐며 화를 버럭 내곤 했다. 이때만 해도 엄마는 기저귀에 변을 본다는 것은 수치스러운 일이며, 이미 사람의 도리를 포기한 거나 마찬가지라는 생각을 할 만큼 정신이 있었다.

그러나 엄마 몸은 엄마 마음만큼 움직이지 않았다. 마음만큼 따라 주지 않는 몸에 대해 엄마는 극도로 짜증을 냈다. 간병인과 간호사가 함께 엄마를 돌보는 병동에 입원한 터라 밤이면 보호자들이 있을 수도 없었다. 엄마는 우리 형제들이 엄마 곁을 비운 사이, 팔에 달린 온갖 주삿바늘과 소변 줄 등을 모조리 빼 버리고 소리를 지르는 섬망 증세를 매일 밤마다 보였다. 걱정이 돼서 엄마 병실로 아침 일찍 달려가면, 엄마 침대 시트에는 주삿바늘을 뺄 때 뿜어져 나온 핏물이 낭자하게 묻어 있었다. 엄마는 억제용 장갑을 채운 상태에서 침대 울타리에 갇힌 채로 기진맥진 눈을 감고 있었다. 보호자가 밤에는 상주할 수 없다는 간병 간호 병동의 규약이 있었지만, 더 이상 엄마를 간병인이나 간호사에게만 맡겨둘 수 없게 된 우리 형제들은 밤에도 엄마 곁에서 지낼 수 있도록 허락을 받고 번갈아 가면서 이십사 시간 밀착 케어를 할 수밖에 없었다.

다행히 엄마는 안정을 찾았고, 밤에도 우리가 지켜보는 가운데 그런대로 안정적인 수면 상태를 유지했다. 하지만 이때의 충격이 너무 컸는지 엄마의 치매 상태는 급속하게 악화됐고, 자식들의 이름과 얼굴을 구분하지 못하는 상태에 접어들고 말았다. 나와 안양 넷째 언니는 구분할 수 없는 그냥 딸들이었고, 아들인 오빠는 엄마에게도 '오빠'가 돼버리고 말았다. 내가 자꾸 오빠, 오빠라고 부르니까 엄마는 나를 따라서 덩달아 당신의 아들을 오빠라고 부른 것이다. 오빠를 당신의 오빠라고 부르기 시작했다.

엄마의 치매 상태는 한 단계 더 악화됐다. 엄마가 어느 정도 안정을 되찾을 무렵 병원에서는 퇴원 통보를 했다. 더 이상 대학 병원에서 치료를 해야 할 정도는 아니기 때문에 을지 병원과 협력 관계에 있는 요양 병원에 가서 장기간 치료를 받는 것이 좋겠다는 의사의 소견이 있었다. 물론 특별한 사유 없이 환자가 이 주일 이상 장기간 입원할 수 없는 현행 의료법에 따른 권고이기도 했다. 더 이상의 검사를 받을 필요가 없고, 수술 수가를 올릴 수 있는 환자가 아닌 경우 입원실이 비어있음에도 퇴원을 강권하는 병원 측의 속셈이 못마땅했다. 나는 병원에서 추천한 협력 관계 요양 병원 이곳저곳을 찾아다닐 수밖에 없었다.

을지 병원에서 추천해 준 협력 요양 병원 안내서를 들고 이곳저곳을 돌아다니다 말로만 들었던 요양 병원의 실제 모습을 보고 너무 크게 놀랐다. 분명히 병원에서 건네받은 복사물에는 건강 보험 심사 평가원 적정성 평가 일 등급 요양 병원이라고 적혀 있음에도 시설 상태나 위생 상태가 엉망인 곳이 한두 군데가 아니었다. 할머니, 할아버지 구분 없이 한 병실에 모시거나, 한 병실에 십여 분 넘게 입실시키는 곳도 있었다. 게다가 콧줄(비위관—인공 영양을 위한 튜브)을 꿰고 있는 분들이 너무 많았다. 상담 실장이라는 사람은 아주 사무적인 태도로 한 달에 드는 비용만 설명하기 바쁜 곳도 있었다. 이 회 연속 일 등급을 받은 요양 병원이라고 해서 겨우겨우 찾아가면 문 닫은 곳도 있었다.

일단은 을지 병원에서 맞던 엉덩이뼈를 굳게 하는 주사를 연계해서 맞을 수 있는 병원(총 십 회를 맞아야 하는 주사인데, 엄마는 을지 병원에서 삼 회를 맞은 상태였고, 나머지 칠 회는 연계된 협력 요양 병원에서 맞아야 한다.)을 중심으로 하되, 만약을 대비해 주 돌봄자인 오빠네 집이나 을지 병원과 너무 멀리 떨어져 있지 않은 병원을 찾아본 결과는 참담했다. 그 병원들은 도저히 엄마를 모시고 갈 수 있는 곳은 아니라는 생각만 들었다.*

그러나 음지가 있으면 양지도 있는 법. 그렇게 낙담 끝에 그야말로 눈이 번쩍 뜨일 만큼 엄마에게 맞춤한 요양 병원을 찾게 되었다. 무엇보다 정형외과 원장을 했던 전문의가 원장으로 있는 만큼, 엄마의 엉덩이뼈와 관련된 치료를 받는 데 많은 도움이 될 거라는 생각이 들었다. 원장이 요양 병원으로 업종 전환을 하면서 원래 자신의 건물이던 정형외과 병원을 개조한 건물이어서 건물의 일부를 세내 운영하는 다른 요양 병원과는 달리 안정감이 느껴졌다. 게다가 병원 내부가 깨끗하게 꾸며져 있어서 실내 분위기도 마음에 들었다. 입원해 계시는 분들(주로 할머니들이 많았다. 남자 환자는 층을 달리해서 사용하고 있었다. 그리고 제일 걱정이 됐던 '콧줄을 꿰고 계신 분'들은 일반 병실이 아니라 특실에서 따

* 요양 병원에 대해 전혀 무지했던 나는 엄마를 모실 요양 병원을 찾아 발품을 팔던 중 인터넷과 책자를 통해 다음과 같은 정보를 얻었다.

〈요양 병원 선택할 때 알아야 할 사항〉

1. 포괄 수가제에 대해 이해한다.
2. 간병인이 단독인지, 공동 간병인지, 선택할 수 있는지, 간병인이 속한 간병인 센터가 어느 곳인지, 조선족인지, 한국인인지 알아본다.
3. 상급 병실(일 인에서 오 인실까지)을 이용하게 될 경우 병실료 책정에 대해 알아본다.
4. 포괄 수가제에 포함되지 않은 비급여 항목 가이드라인을 확인한다.
5. 요양 병원 식단과 가격을 확인한다.
6. 요양 병원은 집에서 가까울수록 좋으나 병원에 입원해서 생활하는 사람은 보호자가 아니라 환자이기 때문에 치료의 전문성, 주변 환경, 간병인 관리, 비용 등이 적절한가를 따져서 결정해야 한다.
7. 건강 보험 심사 평가원의 요양 병원 적정성 평가 결과를 참고한다(그러나 경험으로 볼 때 어디까지나 참고 사항이기 때문에 직접 방문해 눈으로 확인하고 결정해야 한다.).
(『치매와 사는 법』, 조선뉴스프레스, 2018, 99~137쪽.).

로 생활을 하고 있었다.)의 표정이 너무 밝았다. 웃음소리 들리는 병실 분위기가 이전에 보았던 요양 병원과는 확연하게 차이가 났다.

언니들과 상의한 끝에 두말 않고 입실 상담을 했다. 다행히도 사 인실 침대가 하나 비어 있어서 엄마는 사 인실 공동 간병인 침대 바로 옆에 자리를 잡고 짐을 풀었다. 엄마는 을지 병원에서 나온 후 잠시 어리둥절한 눈치였다. 이내 간병인의 따뜻한 환대와 아담하고 깨끗한 병실이 마음에 들었는지 별 저항 없이 침대에 누웠다. 엄마는 병실을 옮기느라 피곤한 탓인지 저녁 식사 후 약을 먹고 곧바로 잠에 들었다. 긴 하루를 마친 우리 자매들은 엄마가 무사히 잘 적응하기만을 바라며 하루를 마감했다.

엄마는 다행히 요양 병원 생활에 잘 적응했다. 송도에 사는 손자를 돌보기 위해 광주에서 올라온 둘째 언니까지 합세해 우리 형제들은 각각 하루씩 돌아가며 엄마에게 들르기로 했다. 주 사 일 동안 형제들이 해당 요일에 엄마에게 들러 점심과 저녁까지 함께 하고 배변과 다리 근력 운동, 산책과 기타 활동까지 돌보며 하루를 보내기로 한 것이다.

저녁 여섯 시에 식사를 마친 후, 양치질과 저녁 약까지 챙기면 엄마의 하루 일과도 끝나고 잘 준비를 했다. 그 시간에 우리 형제들은 엄마와 작별 인사를 하고 집으로 돌아가곤 했다. 많은 자식들을 혼자 힘으로 키우느라 평생 고생을 했지만, 거꾸로 자식들이 많다 보니 엄마는 자식 많이 낳은 복(?)도 누렸다. 게다가 모든 자식들과 사이가 좋아 엄마는 누가 오든지 거부감없이 즐겁게 잘 지냈다.

그래도 아쉬운 점은 몇 가지 있었다. 무엇보다 엉덩이뼈를 치료하러 간 병원에서 움직이면 안 된다는 의사의 권고에 따라 침대에서만 주로 생활을 하다 보니 엄마는 다리 근육이 다 빠졌다. 그나마 지팡이를 짚고 걸어 다닐 수 있는 힘마저 잃고 스스로는 걷지 못했다. 다리를 치료하러 간 병원에서 역설적으로 다리를 영영 못쓰게 돼버린 것이다. 우리 형제들은 방문을 할 때마다 다리 근육 운동을 시키고 보행 보조 기구로 걸음 연습도 시켰다. 그러나 그 정도로는 역부족이었다.

엄마가 걷지 못하게 되면서 제일 문제가 된 것은 화장실을 사용하지 못하게 된 것이다. 그러다보니 자연스럽게 간병인은 엄마에게 기저귀를 채웠고, 엄마는 자신의 용변 처리를 남에게 맡겨야 하는 신세가 됐다. 원래 남에게 싫은 소리 못하던 엄마는 간병인이 기저귀를 갈 때면 얌전하게 당신 몸을 맡기다가도, 우리가 가면 화장실에 데려다 달라고 강하게 요구했다. 우리들은 될 수 있으면 어떻게든 엄마가 화장실에서 용변을 볼 수 있도록 해드렸지만, 그렇다고 간병인에게까지 화장실 이용을 요구할 수는 없었다. 최저 시급도 안 되는 박봉에 시달리면서 혼자서 네 명을 돌봐야 하는 간병인에게 화장실까지 모시고 가는 데만 이삼십 분씩 걸리는 중노동을 언감생심 부탁할 수 없었다.

다행히 간병인이 기저귀는 자주 갈아 주는 편이었다. 따뜻한 물수건 으로 용변 처리 마지막에 엄마 몸을 닦아 주는 것만으로도 감사해야 했다. 다른 데서는 보기 힘든 일이다. 그 덕분인지 엄마는 기저귀 착용 과 간병인의 용변 처리에는 불만이 없었고, 기저귀 착용에 대해서도 차츰 익숙해졌다. 하지만 인간의 문명화에 뿌리 깊게 자리 잡은 용변 처리는 엄마가 세상을 떠날 때까지 엄마는 물론 자식들에게도 가장 큰 문젯거리로 남았다. 문명화의 결과에서 자유로워진다는 것은 결코 쉽 지 않은 문제였다.

여기가 엄마의 마지막 집이라고?
(2019년 10월~2019년 11월 11일)

그렇게 시간이 가는 동안 몇 평 안 되는 병실에서만 주로 지낸 탓인지 엄마의 기억력은 점점 더 상실돼 가는 듯 보였다. 바로 며칠 전 들렀음에도 엄마는 우리를 볼 때마다 마치 몇 년 만에 자식이 당신을 보러 온 것처럼 "네가 이렇게 먼 길을 어떻게 왔냐, 잊지 않고 찾아와 고맙다."는 인사를 눈물까지 글썽이며 했다. 게다가 엄마라고 부르니까 자식인 줄 알았지, 누가 누구인지 분간은 못 했다. 그나마 있던 분별력도 사라지고 있었다.

그러나 기억력을 잃은 만큼 한편으로는 평온해 했다. 예전의 불안하고 우울해 하던 모습은 많이 사라졌다. 특별히 몸 상태가 좋지 않은 한 식사도 잘했고 웃음을 잃지 않았다. 정신보다는 몸의 기억이 더 오래 남는 것인지, 뜨개질거리를 챙겨 드리면 코를 빼먹으면서도 꽤 오랫동안 집중하시면서 코를 이어갔다. 여전히 마늘 까기도 잘해 엄마에게 갈 때면 한 움큼씩 마늘을 챙겨 가서 일주일 동안 먹을 마늘을 엄마랑 함께 까면서 시간을 보냈다. 손끝이 야무진 엄마는 뜨개질이며 마늘 까기 등을 얌전하게 잘해 병실 할머니들의 부러움을 사기도 했다. 그러나 글자나 숫자 등을 접할 기회가 많이 사라진 탓인지 예전처럼 그림책 글자를 잘 읽지 못했다. 시계를 가리키면 시간을 맞추는 것도 힘들어 했다.

혹 떼려다 혹 붙인다는 말처럼 엄마는 다리를 치료하려다 결국 걷지 못하게 되었다. 하지만 기나긴 터널 끝에 도달한 것인지 불안과 우울 증세가 많이 옅어지고 일상생활도 규칙적으로 잘 보냈다. 그런 엄마를 보면서 안양 언니와 나는 언제까지 엄마를 요양 병원에서만 보내게 할 수는 없다는 데 합의했다. 그렇다고 오빠네 집으로 다시 모시자고 할 수도 없었다. 올케언니와 오빠 모두 몸 건강 상태가 좋지 않아 용변 처리까지 하며 엄마를 모시기 힘들 거라는 판단이 섰기 때문이다.

언니와 나는 일을 하고 있는 처지여서 집으로 엄마를 모시기 힘들었다. 그래서 우리가 사는 안양과 수원 근처 요양원으로 모셔 자주 찾아보는 게 좋겠다는 결론을 내렸다. 그동안 엄마가 요양 병원에 잘 적응하는 것을 보니 꼭 집이 아니어도 요양원에서도 생활을 잘할 수 있을 거라는 믿음도 한몫했다. 지금처럼 형제들이 엄마한테 자주 들르면 엄마도 무료하게 집에서만 지내기보다는 요양원에서 여러 활동들을 할 수 있으니 오히려 더 활기차게 지낼 수 있지 않을까 판단했다.

그렇게 합의를 본 언니와 나는 시간 나는 대로 안양과 수원 인근의 요양원을 여러 군데 찾아보고 살펴보았다. 그러나 마음에 드는 곳은 길게는 삼사 년, 짧게는 일 년 이상 대기해야 해서 엄마를 요양원에 모신다는 것 자체가 불가능한 건 아닐까 하는 생각마저 들었다. 아니면, 우리가 요양원에 대해 눈높이를 너무 높게만 잡은 건 아닐까 하는 생각으로 초조하게 시간을 보내고 있을 때였다.

같은 병실에서 엄마와 지내던 아흔여덟 살 할머니를 남양주의 요양원으로 아들이 모셔갔다는 소식을 간병인에게 들었다. 고령임에도 다리 수술을 받고 요양 병원에 입원했던 그 할머니는 병실에서 유일하게 정신이 맑은 분이었다. 할머니의 주 돌봄자였던 아들은 매일같이 할머니를 보러 와 다리 운동을 시키고 저녁 식사를 거들었다. 우리들에게 엄마를 모시는 요령에 대해 친절하게 코치를 해 주기도 했다. 게다가 그 할머니는 늘 웃음과 명랑함으로 병실 분위기를 이끌던 분이라 우리들은 병실에서 할머니를 볼 때마다 기분 좋은 에너지를 받곤 했다. 막상 그 할머니가 요양원으로 갔다는 이야기를 들으니, 마음이 급해졌다. 일전에 엄마와 다리 운동을 하던 할머니 곁에서 자신이 다니는 교회에서 교인들이 추천한 좋은 요양원이 있는데, 조만간 그곳으로 어머니를 모시게 될지도 모르겠다는 아들의 말이 떠올랐기 때문이었다.

더 이상 망설이지 않고 간병인에게 건네받은 할머니 아들의 전화번호로 전화를 했다. 전화상으로 아들은 교회에서 운영하는 요양원이라서 마음이 놓인다, 원장이 사명감이 투철하다, 담당 실무자나 요양 보호사들이 다들 친절하다, 프로그램이 다양해서 무료하게 보내시지는 않을 것이다, 다리 근력 운동을 하는 물리 치료실이 따로 있다, 식사도 지금의 요양 병원과는 비교가 안 될 정도로 좋다는 칭찬을 늘어놓았다. 아는 할머니와 지내는 것만으로도 엄마가 안정적으로 지낼 것 같아 끌렸다. 교회 권사이기도 한 안양 언니는 교회에서 운영한다는 점에 마음이 끌렸는지, 당장 가서 엄마를 모실 만한 곳인지 확인부터 하자고 서둘렀다.

2019년 11월 8일, 엄마는 약 팔 개월에 걸친 요양 병원 생활을 정리하고 남양주의 소규모 요양원으로 자리를 옮겼다. 그동안 언니와 나는 엄마를 모실 만한 요양원을 찾으러 꽤나 발품을 팔았던 덕분에 엄마를 모실 만한 요양원인지, 아닌지 나름대로 분별은 할 수 있을 만큼 안목이 생긴 상태였다.* 비록 소규모이기는 하지만(삼십구 명 정원) 관리 실장과 그곳 할머니들의 모습이(휴식 시간이어선지 그곳 할머니들께서는 거실

---

* 치매 환자를 모실 만한 요양원을 고를 때는 무엇보다 환자 당사자에게 맞는 요양원을 고르는 것이 중요하다고 한다. 아무리 평판이 좋은 시설이어도 그곳의 서비스가 환자에게 맞지 않는다면 환자의 치매 증세는 더욱 악화되고 자칫하면 눈 깜짝할 사이에 와상 마비 상태가 될 위험이 있기 때문이다. 그러기 위해서는 견학이 필요하다. 요양 시설 견학 포인트는 아래와 같다.

1. 약속 없이 찾아간다.
2. 입소자의 식사 시간을 노린다.
3. 이유도 없이 너무 조용한 시설은 안 된다. 사람들이 모여 있는 곳에서 들릴 법한 와자지껄한 소리가 들리는 곳이 좋다.
4. 텔레비전 소리밖에 들리지 않는 시설은 일단 의심해 봐야 한다.
5. 입소자가 대부분 휠체어에 앉아서 생활하고 있는 곳은 안 된다.
6. 직원이 음식을 억지로 넣어 먹여 주는 곳은 안 된다. 인생의 마지막에 남는 것은 먹는 즐거움인데 그 즐거움을 빼앗아 가는 곳은 생활 전부를 빼앗아 가는 곳이라고도 할 수 있다.
7. '터미널 케어'(임종기의 간호)를 경험해 본 직원이 있는가 없는가를 확인해 보는 것도 중요하다. 요양 시설을 마지막 거처로 정했다면 입소자에게는 그곳에서 죽을 권리가 있는데 아무것도 모르는 직원이 구급차를 불러서 가능했던 평온사(자연사)가 불가능하게 돼 버리는 경우가 많기 때문이다.
(니가오 카즈히로·마루오 타에코 지음, 위경·한창완 옮김, 『할매할배, 요양원 잘못 가면 치매가 더 심해져요』, BookStar, 2016, 127~138쪽.).

소파에서 자유 시간을 즐기면서 티브이를 보거나 요양 보호사들과 이야기를 나누고 있었다.) 자연스러워 보였다. 거실 한편에 자리한 식당에서는 저녁 준비를 하는지 흥성대는 분위기가 감지되었다.

이곳이라면 엄마도 따뜻하게 잘 보낼 수 있을 것 같다는 직감이 왔다. 게다가 지내는 방도 이 인실로 배정받아 조용하게 지낼 수 있을 것 같았다. 상계동과 접경 지역의 남양주여서 오빠네 집에서도 멀지 않았다. 여차하면 엄마의 이십여 년 의료 기록이 보관된 을지 병원으로도 십오 분 정도면 갈 수 있는 거리여서 여러모로 맞춤이라는 생각이 들었다. 하지만 한 병실에서 몇 개월 함께 지냈던 아흔여덟 살 할머니를 엄마는 전혀 기억을 못 했다. 이런!

엄마를 더 이상 집에서 모시기 힘들게 된 우리 자매가 모처럼 감행한 모험이었는데 문제는 엉뚱한 곳에서 터졌다. 엄마가 숨이 차고, 심장이 안 좋을 때면 혀 밑에 넣는 니트로글리세린이라는 조그만 심장약이 문제가 된 것이다. 엄마를 요양원에 모시고 돌아선 다음 날 아침 요양원 원장한테 전화가 왔다. 엄마가 그 약을 복용하실 줄은 몰랐다, 그 약은 간호사가 상근하는 규모의 요양원(백 명 이상 규모여지만 간호사가 상근한다.)에서만 사용이 허락된다, 엄마를 이곳 요양원에서는 모실 수 없으니 다른 곳으로 알아보라는 전화였다.

우리는 할 수 없이 엄마가 가실 만한 좋은 요양원이 있으면 소개를 좀 해 달라고 원장에게 부탁하고 나서 사흘 만에 의정부 쪽에 자리한 요양원으로 엄마를 다시 모셨다. 다행히 처음 요양원에서 멀지 않은 곳에 자리 잡은 신설 요양원이었다. 새로 생긴 만큼 시설이 깨끗하고, 무엇보다 사무실 직원과 이 교대 근무하는 요양 보호사들이 모두 다 활기차게 움직이는 분위기여서 마음은 놓았다. 그곳도 자리가 없어 당분간 간호사와 요양 보호사들이 수시로 드나들며 근무하는 특별실에 엄마를 모셔야 한다고 했다. 우리는 간호사와 요양 보호사들이 수시로 드나들다 보면 한번이라도 더 엄마를 살펴줄 것 같아 특별실 침대에 엄마 짐을 풀었다.

언니가 일 층 사무실에 내려가 요양원 입소 서류를 작성하는 동안, 나는 새로 산 이불로 엄마 침대 이부자리를 마련해 주고 그 사이 도착한 저녁 식사를 엄마가 드시게끔 거들었다. 식사는 순두부찌개와 생선, 나물 다짐식 등으로 그런대로 만족할 만한 수준이었다. 그러나 식사를 마치고 엄마 양치물을 받으러 일어나는 순간 나는 가슴이 철렁 내려앉았다. 엄마라고 부르니 자식인 줄 안다고 생각했던 엄마는 내 손을 잡더니 "막내야, 나, 이런 생활 더는 못할 것 같아⋯⋯."라며 정확히 내가 누군지를 아는 상태에서 입을 열었다.

엄마 다리가 다 나으면 집으로 모시겠다며 이런저런 핑계를 대며 머물렀던 요양 병원에서와 달리 더 이상 엄마에게 핑계 댈 수 없게 되었다. 나는 집에서 엄마를 돌봐 드려야 할 사람이 없다, 오빠나 올케 언니가 지금 건강이 안 좋아서 엄마를 집에서 모실 수가 없다, 나나 언니는 일을 해야 하기 때문에 엄마를 우리들 집에서 모실 경우, 낮이면 엄마 혼자 집에 있어야 하는데 위험하기도 하고 적적하기도 해서 엄마를 이곳에 모신 것이다, 여기에 계시면 간호사 선생님과 요양 보호사들이 엄마를 잘 돌봐 드릴 것이고, 여러 활동도 해서 엄마는 심심하지 않게 보낼 수 있다, 우리가 매일 엄마한테 와서 맛난 것도 먹고, 즐겁게 지내는 게 엄마에게 훨씬 좋을 것 같아서 엄마를 이리로 모셨다고 솔직하게 말씀을 드렸다. 내 눈을 빤히 들여다보던 엄마는 이해가 된다는 뜻으로 가만히 고개를 끄덕였다.

엄마는 극도의 불안과 새로운 환경 속에서 자신 혼자만 남게 될 공포 때문에 두 눈에는 눈물이 그렁그렁했다. 그런데도 어서 가서 식구들 밥 챙겨 주라며 손을 흔들었다. 애써 외면하고 돌아서야 하는 언니와 내 눈에도 눈물이 맺혔음은 말할 필요도 없다. 출입문까지 나와서 배웅을 하던 사무실 직원은 "너무 걱정 마세요, 어머님은 잘 적응하실 거예요. 사실 여기가 어떻게 보면 어머님의 마지막 집이잖아요. 집처럼 편안하게 잘 모실 테니 걱정 말고 돌아가세요."라며 인사를 했다.

여기가 엄마의 마지막 집이라고? 그냥 형식적인 인사치레로만 여기기에는 사무실 직원의 표정과 억양에 진정성이 느껴져서 무시할 수 없었다. 언니와 나는 돌아오는 차 안에서 그 말을 수십 번도 더 곱씹었다. 거기가 엄마의 마지막 집이라고? 진정성이 느껴진 사무실 직원의 말투로 보면 사실로 구현될 것 같기도 했다. 한편으로는 거기가 엄마의 마지막 집이 되어서는 안 된다는 분노가 누구를 향해서인지도 모르게 부글부글 끓어오르기도 했다.

너무 오래 기다리고 있는 건 아닐까?

(2019년 11월 12일~2019년 12월)

요양원 측에서는 새로 입소할 경우, 자녀들이 찾아오면 집에 가자고 재촉하기 때문에 이 주 정도는 신규 입소자 면회를 허용하지 않는다고 했다. 엄마가 적응을 잘할지 걱정됐다. 한편으로는 적응기간이 필요하다는 요양원 측의 입장도 이해가 안 되는 것은 아니라서 그 정도는 참아보는 것도 괜찮지 않을까 하는 생각도 들었다. 엄마를 보러 가지 못한 이 주 동안 나는 왠지 허전하고, 다른 일도 하지 못하는 어정쩡한 시간을 보냈다. 다행히도 요양원에서는 엄마의 생활 모습을 사진으로 자주 찍어 보내 주었다. 사진으로 본 엄마의 모습은 밝아 보였고 환히 웃는 모습이 좋아 보여서 안심이 되기도 했다. 사진을 본 남편은 "혹시, 여기서 장모님이 행복한 건 아닐까?"라는 말을 건네기도 했다.

엄마가 입소한 지 이 주일 후, 드디어 면회 금지 기간이 끝나고 언니와 나는 음식을 바라바리 싸 들고 면회 허용 시간에 맞춰 요양원의 휴게실 겸 가족 접견실에 도착했다. 다행히 엄마는 우리를 알아보았다. 우리를 보고 환히 웃는 엄마의 모습을 보니 그동안의 걱정이 씻은 듯이 사라졌다. 엄마는 그동안 요양원 급식 메뉴에 물렸는지 우리가 싸 간 음식을 끝없이 드셨다.

우리 형제들은 다시 당번을 짜 엄마에게 들르기로 하고 간식과 저녁을 마친 엄마를 모시고 침실로 이동하여 여섯 시 삼십 분 쯤 작별 인사를 했다. 이곳에서는 요양 병원에서 우리가 엄마에게 해 주었던 양치와 저녁 약 챙기는 것을 못하게 했다. 개인이 간병을 하는 병원과는 달리 그 시간에 이 교대로 들어온 요양 보호사들이 간호사에게 그 임무를 부여받고 일지를 써야 했기 때문에 보호자가 그 일을 할 수 없게 된 때문이었다.

면회 시간인 오후 네 시 이전에는 뭔가를 만드는 공작 시간이었는지 엄마는 방금 전 만든 인형이나 종이꽃 등을 손에 든 채 요양 보호사와 휠체어를 타고 등장했다. 엄마가 손에 든 작품들은 대부분 틀에 박힌 것들이 아니라 나름 창의적인 작품들이라서 나는 엄마의 솜씨를 칭찬했다. 그때마다 엄마의 대답이 걸작이었다.

"이렇게 공들여 만들어도 돈 한 푼 돌아오는 건 없어……."

그렇게 농담까지 하며 즐거운 시간을 보낸 후에 항상 문제가 되는 것은 바로 작별 시간이었다. 저녁 식사까지 마친 후, 피곤해진 엄마를 침실로 모시고 가 자리에 눕히면 엄마는 우리가 갈 시간임을 알고 "나를 이곳에 혼자 남겨 두고 갈 거니……. 나도 함께 집에 가면 안 되니……." 하는 소리를 마치 정해진 작별 인사 매뉴얼이라도 되는 양 되풀이했다. 늘 하는 소리이고, 다음 날이면 누가 왔다 갔는지 기억도 못 하니 너무 마음 쓰지 말라는 요양 보호사의 조언도 있었지만 엄마와의 작별 시간은 매번 힘들었다. 엄마의 그 말을 들을 때마다 나는 현실적으로 엄마를 집에서 모시기 힘들다는 것을 잘 알고 있으면서도 엄마가 치매라는 이유로 자식들에게 자신의 생활 주권을 박탈당하고, 그 다음으로는 요양 시설에 주권을 박탈당하며 사는 게 아닌가 하는 죄책감에 시달릴 수밖에 없었다.*

다행히 엄마의 집 타령에 언니와 내가 개발한 응답 매뉴얼이 있기는 했다. 빨리 가서 집안 식구들 저녁 밥상을 차려야 한다는 것이었다. 무엇보다도 식구들 밥상 차리는 것을 최고의 과제로 여기고 살아온 엄마는 식구들 저녁을 차려야 한다는 말 한마디에 바로 꼬리를 내리며

"오메! 아직까지 밥을 안 차려 주었단 말이냐? 어서 가서 밥 차려 줘라." 하는 것이었다. 나는 그 기회를 놓치지 않고 "엄마, 나 빨리 가서 김 서방 밥 차려 주고 올게." 소리를 하면 그때서야 엄마는 우리가 집에 돌아가야 함을, 당신은 혼자서 요양원에 남아 있어야 함을 인정할 수 있었는지 얼른 가라고 손 인사를 했다.

얼른 가라는 엄마의 손 인사 덕에 우리는 안심하고 돌아설 수 있었다. 그러나 집으로 오는 길에 마음은 늘 착잡하기만 했다. 그렇게 엄마와 이별을 하고 나면 하루 이틀 우울한 상태가 지속되었다. 정신 차리고 나면 또 다시 엄마 보러 갈 날이 다가오는 바람에 이러저러한

---

* 치매 환자를 집에서 돌보지 못하는 가족들의 죄책감에 대해 철학자이자 요양원 원장을 지냈던 랄프 스쿠반은 "치매 환자를 오랜 시간 집에서 돌본다는 것은 자기 자신을 착취하겠다는 다짐과 준비가 돼 있을 때만 가능한 것이다."라는 아주 냉정하면서도 간명한 일침을 가한 바 있다.

"나는 죄책감이란 인간이 만들어낸 아주 끔찍한 발명품 중의 하나라고 생각한다. 책임과 부채가 이 세계를 굴러가게 한다. 이것은 인간들이 원래는 (더 이상) 하고 싶지 않거나, 할 수 없는 일들을 지쳐 쓰러질 때까지 하게 만드는 사슬이요, 족쇄다. 사람들이 원하는 만큼 집에 머물러 돌봄을 받을 수 있는 것은 옳은 일이고, 좋은 일이다. 그러나 돌보는 이들이 할 수 있는 만큼만이다. 그 이상은 안 된다."(랄프 스쿠반, 앞의 책, 142~1143쪽.).

나는 죄책감을 느낄 때마다 이 말을 떠올려 보았지만, '할 수 있는 만큼'이 도대체 어느 만큼인지에 대해서는 늘 물음표를 던질 수밖에 없었다. 그저 하루하루 내가 할 수 있는 만큼만 하고 지내는 것 이상으로 생각을 할 수도, 행동으로 옮길 수도 없다는 것을 확인했을 뿐이었다.

음식 채비와 엄마에게 필요한 물품을 챙기기에 바빴던 나날들이 이어졌다.

엄마가 요양원으로 옮긴 지 두 달이 되어갈 십이월 말경, 엄마 생신 파티를 요양원에서 하는 게 좋겠다고 합의를 한 우리 형제들은 각자 두세 가지씩 음식을 마련해서 엄마 생신 상을 준비했다. 그날은 사위들까지 모두 합세해서 꽤나 흥성대는 식사 시간을 가졌다. 여전히 딸들이 해간 음식(특히나 안양 언니의 음식)을 좋아하던 엄마는 그날따라 식사도 더 즐겁게 잘했다.

식사를 마친 엄마는 늘 그렇듯이 식사 후 가족 사진첩을 구경하겠다고 했다. 가족 단톡방 사진을 보여 주며 이런저런 설명을 하면 엄마는 때로는 알겠다는 듯 때로는 전혀 모르겠다는 듯 반응을 보였다. 핸드폰 사진첩을 돌리던 중 마침 오빠가 지난 추석 때 아버지 묘에 가서 찍은 사진이 몇 장 잡혔다. "이건 뭐야?"라며 묻는 엄마에게 나는 웃으면서 "이곳이 아버지 묘인데, 바로 옆에 빈 묘지가 보이지? 여기가 바로 엄마가 돌아가시면 묻히게 될 곳이야. 엄마가 아버지 돌아가시고 난 후 엄마 묘지까지 함께 사서 장만한 곳이잖아. 벌써 사십 년이 돼 가는데 아버지가 엄마도 여기 오시면 좋아하시겠는 걸?" 하며 농담 삼아 대답했다. 엄마는 알 듯 모를 듯한 표정을 짓다가 기가 막힌 유머로 대답을 했다.

　　　"근데, 너무 오래 기다리고 있는 건 아닐까?"

　전혀 생각지 못했던 엄마의 고급 유머에 놀란 나머지 "아이고, 엄마, 살아생전에 그렇게 엄마 고생을 시킨 아버지인데, 그래도 아버지 옆으로 가고 싶어?"라고 묻자, 엄마는 환한 웃음을 지으며 고개를 크게 끄덕였다. 엄마의 그 고급 유머는 두고두고 내 놀림감이 되었다. 한편으로는 마냥 웃을 수만은 없는 블랙 유머이기도 했다. 기나긴 '터널 증후군'을 거쳐 이제는 기억이 거의 사라진 상태에 도달한 엄마는 어쩌면 새로운 기억을 만들고 있는 건 아닐까 하는 생각이 들었기 때문이다. 어쩌면 그 기억은 과거의 기억이 아니라 엄마에게 다가올 새로운 세계(죽음)를 맞이하는 데 필요한 기억이 아닐까……. 엄마는 그렇게 죽음에 대해 당신만의 새로운 세계에 접어든 것은 아닐까…….

병상 기록 3

코로나, 엄마의 운명을 가르다
(2020년 1월~2020년 5월)

경자년 새해가 밝았다. 엄마도 우리 형제들도 요양원 생활에 이제 막 적응하고 있었다. 안양 언니는 구정 때 엄마를 집으로 모셔 와 같이 하룻밤을 보내기도 했다. 엄마는 그새 요양원이 더 편해졌는지 아니면 오랜만에 온 언니네 집이 낯설어 인지, 자꾸만 가겠다고 해서 언니는 며칠 더 집에서 엄마를 모시려고 했으나 어쩔 수 없이 요양원으로 모셨다고 했다. 나는 구정 즈음에 복막염 수술을 받은 터라 엄마를 보지 못했는데 구정 연휴 직후 요양원에서는 코로나로 모든 외출과 외박, 면회를 금지한다는 통보를 보냈다(2020년 1월 28일). 그때만 해도 코로나 사태가 그렇게 길어질 줄 몰랐다.

대구발 코로나 사태는 갈수록 더 심각해졌고 요양원 측에서는 간간이 엄마의 근황을 담은 사진을 보내 주었으나 여전히 면회 및 모든 외출과 외박은 금지 상태였다. 구정 연휴 때 엄마 얼굴을 본 이후로 한 달이 넘도록 면회를 못하다 보니 우리 형제들은 걱정이 가득해졌다. 걱정 때문이었는지 요양원 측에서 보내온 사진 속 엄마 얼굴도 갈수록 시무룩해 보였다. 그야말로 '엄마가 분명히 살아 계시는데도 애도를 하는' 그런 기분이 들기도 했다.

그러다가 삼 월에 접어들자 요양원에서 엄마가 식사를 너무 안 해 걱정이라는 전화가 왔다. 우리는 당장 가보겠다고 했으나, 절대로 면회는 안 된다는 요양원측의 입장만 전해 들었다. 이어서 이틀 후 엄마가 식사를 거의 안 해 요양 보호사들이 억지로 드시게 하면 겨우 드신다며 당분간은 식욕 촉진제를 드릴 테니 경과를 좀 보자는 연락이 왔다. 우리는 지금의 다짐식 대신 혹시 일반식으로 돌리면 안 되겠냐, 일반식으로 돌리면 씹는 맛이라도 있어서 엄마의 입맛이 돌아올 수도 있지 않겠느냐 말했다. 며칠이 채 못가 아무래도 엄마를 병원에 입원시켜 수액이라도 맞게 해 드리는 게 좋을 것 같다는 간호사의 전화를 받았다. 간호사는 요양원과 협력 관계에 있는 병원으로 모시자고 했지만, 우리는 엄마의 병력이 보존된 을지 병원으로 구급차를 불러서 응급실로 엄마를 옮겼다.

코로나 때문에 격리된 응급실에서 온갖 검사를 마친 후 다음 날에야 녹초가 된 상태에서 겨우 일반 병실에 입원할 수 있었다. 다른 곳은 별 문제가 없는데 심장이 많이 부어 있는 상태라 숨을 쉬거나 식사하기 어려운 상태라는 진단이 나왔다. 엄마의 심장은 정상인의 십오 퍼센트밖에 기능을 못하는 상태이기 때문에 조심해야 하며, 설사 좋아진다고 해도 그리 오래 가지는 못할 거라고 의사는 진단 결과를 전해 주었다. 엄마는 지병인 심장 질환 때문에 이십 년이 넘도록 경고 상황 속에서 지내 왔기 때문에 나는 그 자체의 심각성에 대해서는 그리 현실감을 느끼지 못했다. 다만 엄마가 당장 식사를 못 하는 것 자체만 문제로 보였다.

병원 처치로 심장 부은 게 좀 가라앉았다. 기운을 차린 엄마는 그나마 식사를 하게 되었고 잠도 잘 자 퇴원을 해도 좋다는 의사의 지시에 따라 다시 요양원으로 돌아가게 되었다. 엄마가 다시 요양원으로 가는 게 조금 걱정이 됐지만, 요양원 직원들의 환대를 받으며 그들과 요양원 건물 안으로 웃으며 들어가는 엄마의 뒷모습에 안도의 숨을 내쉴 수 있었다.

엄마가 퇴원한 바로 이튿날, 걱정이 된 나는 요양원으로 전화를 했다. 담당 간호사는 여전히 엄마가 식사를 잘 못 하신다고 걱정을 했다.

나는 엄마가 유동식으로나마 영양을 섭취하길 바라는 마음에 '뉴케어'를 보냈다. 그래도 여전히 식사를 못하셨는지, 며칠 후 요양원의 간호사는 혹시 엄마가 입원하실 때 '연하嚥下 장애' 검사는 안 해보셨냐며, 아무래도 엄마가 연하 장애(삼킴 장애)가 있는 것 같으니 검사를 해 보는 게 좋을 것 같다고 말했다. 이어서 병원 측에서 심장이 더 안 좋아질 경우도 언급하지 않았느냐, 자기들로서는 낮에는 자주 살펴보지만 밤에는 인력이 부족해서 놓치는 부분도 있으니 그 점은 생각해 달라는 말도 덧붙였다.

예전보다 엄마의 건강 상태가 악화돼 걱정하는 것이겠지만 그 책임을 자신들이 지고 싶지는 않다는 느낌이 들어 기분이 언짢았다. 게다가 이번에는 처치를 해 좋아졌기 때문에 퇴원을 시켜 주지만 상태가 나빠질 수 있기 때문에 조심해서 지내야 한다는 병원 의사의 말이 떠올라 엄마를 다시 병원으로 모셔야 하나 싶어 걱정이 앞섰다. 그러고 보니 그즈음 요양원에서 보낸 사진은 대부분 엄마가 침대에서 생활하고 있는 모습이 주를 이루었다. 이전에는 그렇지 않았는데 주로 침대에서만 찍은 사진이 대부분이었다.

'연하 장애'라는 처음 들어본 단어를 인터넷과 책자들을 통해 찾아본 결과, '씹고 삼키는 능력의 손실 또는 손상으로 먹는 능력이 저하되어 어려움이 있는 상태'로 나와 있었다. 연하 곤란은 음식물이 구강에서 식도로 넘어가는 과정에 문제가 생겨 음식을 원활히 섭취할 수 없는 증상을 의미한다. 소화관 상부에 병변이 생겼거나 기계적으로 막혀서, 또는 삼키는 동작에 필요한 신경이나 근육이 잘 조절되지 않아 발생하며, 삼킬 때 통증이 있기 때문에 음식을 기피하는 현상이 나타나기도 한다는 내용이었다.

나는 엄마의 심장 질환과 치매 증상만 생각했다. 연하 장애도 노인들에게는 심심찮게 생기는 질환이라는 점, 치매 환자의 경우 신경이나 근육이 잘 조절되지 않아 발생 확률이 높다는 점도 처음 알게 되었다. 그리고 연하 장애의 경우 검사할 수 있는 병원도 흔치 않으며, 재활 치료도 꾸준히 해야 된다는 것 역시 처음으로 알게 되었다. 그전에 보았던 요양 병원의 환자들이 왜 그렇게 콧줄을 많이 꿰고 계셨는지 비로소 이해가 되기도 했다. 연하 검사와 연하 재활 치료를 놓친(의도적이건, 아니건 간에) 노인 환자분들에게 영양 공급을 할 수 있는 가장 손쉬운 방법이 바로 콧줄이었던 것이다! 결국 노인성 질병을 엄마도 피해갈 수 없다는 것을, 아니 이제는 새로운 노인성 질병들이 하나 둘씩 엄마를 옥죄여 오기 시작했음을 깨달았다.

엄마의 식사 거부가 '연하 장애'가 맞다면 '콧줄'이 아니라 다른 대안이 필요했다. 이를 어떤 식으로 해결할지 전전긍긍하던 중 엄마가 위중하다는 요양원측의 연락을 받고 을지 병원 응급실로 엄마를 모셔

왔다는 오빠의 전화를 받았다. 엄마가 퇴원한 지 한 달이 채 못 되는 사월 중순경이었다. 연락을 받은 그날은 아들의 고교 동창생 하나가 결혼을 하는 날이었다. 아들의 고교 동창생 엄마들과는 십 년 가까이 교류가 있었고, 내가 모임 총무를 맡고 있어서 참석해야만 했다. 축의금만 전달하고 병원으로 달려갔다. 엄마는 식사를 제대로 못 했기 때문인지 그새 너무 쇠약해 있었다. 역시나 이번에도 코로나 때문에 격리된 응급 병실에서 이기지도 못할 여러 검사를 마치고 난 후 이튿날에서야 일반 병실로 옮겼다. 엄마는 그렇게나 싫어하던 억제용 장갑마저 뺄 기력이 없었는지 그저 누워만 있었다. 다행히 가져간 죽을 별 거부 없이 조금씩 드셨고 눈에 생기도 서서히 돌았다.

그날 밤, 아들 동창 엄마들의 단톡방에서는 우리 엄마의 안부를 묻는 문자가 쇄도했다. 엄마의 건강을 걱정하는 문자 중에는 아마 지금부터 대여섯 번은 응급실로 더 실려 가야 돌아가실 거라는 농담 아닌 농담도 올라왔다. 그 문자를 올린 엄마는 삼 년 넘게 치매 걸린 친정엄마를 돌보다가 작년에서야 엄마를 떠나보낸 후, 자기도 엄마를 따라가고 싶다는 울음 섞인 문자를 자주 보냈던 사람이다. 그 엄마의 문자는 맥락으로 따져 보면 그 정도는 아무것도 아니니 걱정 말라는 뜻이었겠으나 여러 가지 해석이 가능한 문자이기도 했다. 나는 알 수 없는 맥빠짐, 그리고 그런 이야기들이 어쩐지 비현실적으로만 느껴져 잠든 엄마의 얼굴만 가만히 들여다보았다.

　이튿날 행여 엄마가 돌아가시지 않을까 걱정을 하는 안양 언니에게 단톡방 엄마들의 이야기를 들려주었다. 언니는 피식 웃다가 "그래, 우리 교회 성도들도 다들 장례식 날짜를 몇 번씩 잡아야 돌아가신다고 하더라만……" 하면서 말꼬리를 흐렸다. 그러나 만약을 대비해서 엄마 산소 문제(화장으로 해야 하는지, 매장으로 해야 하는지)와 장례 문제에 대해 점검해야겠다는 의견을 형제끼리 나누었다.

　엄마가 입원한 지 이 주가 다 돼 갈 무렵, 걱정했던 것과 달리 담당 의사는 엄마의 심장 비대증과 심부전증 상태가 많이 양호해졌으니 퇴원을 해도 좋겠다는 결론을 내렸다. 하지만 여전히 엄마의 심장 상태가 그리 오래 가지는 못할 거라는 소견은 빼놓지 않았다. 걱정했던 연하 장애에 대해서는 병원식은 좀 드시는 걸로 보아서 연하 치료를 받을 만한 정도는 아닌 것 같다, 음식을 드시지 못하는 것은 연하 장애보다는 심장이 부어서 혈액순환과 다른 장기 기능이 제대로 작동되지 못해 생기는 증상이다. 그래도 걱정이 된다면 검사실로 연결을 해 줄 테니 연하 검사를 받고 싶으면 받으라는 소견을 내놓았다.

　우리는 별도로 다른 병원에 찾아가서 연하 검사를 받는 것보다는(사실 알아본 병원마다 대기자가 몇 달씩 밀려있는 상태였다.) 을지 병원에서 검사를 받는 것이 좋을 것 같아 예약을 했다. 그곳도 연하 검사 예약이 밀린 상태였다. 엄마의 병력 상태를 감안하여 예약 날짜를 잡아 주겠다는 병원 측의 배려로 주 일 회, 세 번 정도에 걸쳐 검사받는 걸로 예약을 했다. 우리는 연하 검사도 검사였지만, 코로나 때문에 요양원 면회가 안 되는 상황에서 주 일 회만이라도 엄마를 모시고 나와 함께 지낼 수 있다는 점, 혹시 엄마에게 재활 치료가 필요하다면 당분간은 계속해서 엄마를 자주 볼 수 있겠다는 점에 뒤도 안 돌아보고 검사 예약을 한 것이다. 사실 엄마는 병실에서도 식사는 그런대로 한 편이었다. 우리가 해 간 음식이나 사간 간식도 별 거부 없이 잘 드셨다. 연하에 문제가 있기 보다는 심장기능의 저하로 식사를 하기 어려운 상태라는 의사의 말에 더 신뢰가 갔다. 그래도 요양원에서 엄마를 외출시키기 위해서는 연하 검사를 받고 서류를 요양원 측에 제시해야 했기 때문에 그 전략을 썼다.

　그렇게 해서 엄마는 연하 검사를 삼 주에 걸쳐 받았다. 예전보다 쇠약해졌지만 우리들과 있으면 싸 간 음식들도 잘 드셨고 컨디션도 나쁘지 않아 보였다. 연하 검사를 핑계로 코로나 와중에서도 엄마의 외출을 허락받았다. 삼 주간의 검사가 끝나자 재활 프로그램에 참가하려면 두세 달 정도 기다려야 한다는 통보를 받았다. 요양원에서는 엄마가 잘 못 드셔서 거의 일대일 수준으로 케어를 하고 있다며 힘들다는 기색을 보였다. 그러나 우리들은 엄마가 식사하는 것을 보면 급하게 재활 프로그램을 받지 않아도 될 것 같았다. 우리는 상황을 좀 더 두고 보면서 혹시라도 인근 병원에서 연하 재활 프로그램 자리가 비어 있는지 확인해 보기로 했다.

연하 검사를 마친 엄마를 못 본 지 이 주 정도가 될 무렵 요양원 측의 다급한 전화를 또 받았다. 엄마는 또 다시 을지 병원의 응급실로 이송되었다. 이번에는 엄마 상태가 위중한 것 같았다. 엄마의 심장 상태가 극도로 악화된 것이다. 코로나로 격리된 응급실마저 꽉 찬 상태여서 엄마는 일반 병동 일 인실에 따로 마련된 임시 응급실로 옮겼다. 엄마는 눕지 못할 만큼 숨이 차 있는 상태로 거의 의식 불명이었다. 우리를 알아보지도 못하고 숨이 차고 답답한지, 눕지도 못한 채 침대 식탁에 머리를 대고 신음 소리를 내고 있었다. 보호자가 한 사람 밖에 들어갈 수 없어 일 인실에서 엄마와 하룻밤을 같이 보낸 안양 언니는 아무래도 엄마가 이번에는 정말 돌아가실 것 같다며 눈물을 계속 훔치고 있었다.

우리는 광주의 둘째 언니와 형부에게도 엄마의 위독함을 알렸다. 담당 수련의는 아무래도 이삼 일이 고비일 것 같다, 엄마의 연명 치료 거부 서약서를 쓰고자 한다면, 환자 가족 이 인 이상의 동의 서명을 받아야 한다고 통보했다. 엄마의 경우 사전 연명 의료 지시서도 없었고, 엄마가 의사 능력이 없는 상태였으므로 안양 언니와 나, 오빠는 심폐 소생술, 인공호흡기 착용, 혈액 투석, 항암제 투여, 체외 생명 유지술, 수혈, 혈압 상승제 투여 등의 연명 치료 중에서 엄마에게 해당되는 심폐 소생술, 인공호흡기 착용, 체외 생명 유지술, 수혈, 혈압 상승제 투여를 거부한다는 항목에 동의하고 서명을 하였다. 그리고 엄마의 임종을 대비해서 필요한 상황을 하나씩 점검해야만 했다. 제일 먼저 안양 언니는 교회 목사님에게 임종 예배를 부탁했다.

그러나, 전혀 의식이 없던 엄마는 광주 언니와 형부가 병원에 들이닥치자 두 사람의 얼굴을 보고 설핏 웃었다. 이를 계기로 점차 의식을 회복했다. 의식을 회복한 엄마는 일반 병실로 옮긴 후 상태가 좋아졌다. 하지만 여전히 먹는 것을 거부하고 거의 이십사 시간 동안 잠을 못 잤다. 가슴이 답답한지 자리에서 오 분 이상을 누워 있지 못하고, 일어날 기력이 없어서 우리들에게 계속 일으켜 달라고 성화였다. 거의 오 분 간격으로 엄마를 눕혔다, 다시 일으켜 세워야 하는 중노동을 번갈아가면서 해야만 했다. 그런 엄마를 간병인에게도 맡길 수도 없었다. 같은 병실에서 폐렴 환자를 돌보던 건너편 간병인은 저 상태에서 올 간병인은 없을 거라며 혀를 내두르기도 했다.

전에 없던 엄마의 섬망 증세가 두드러졌다.* 오 분 간격으로 일어났다, 누웠다를 반복하면서, 일으켜 달라는 엄마의 요구에 우리가 즉각 응하지 않으면 엄마는 팔을 벌리고 '어머니' 소리를 계속 외쳤다. 그때마다 같은 병실 환자들의 눈총이 따가워 우리들은 어떤 식으로든 엄마를 달래야 했다. 엄마가 유일하게 조용해지는 순간(기저귀를 갈고 난 후 몇 분간의 쾌적함으로 잠시 눈을 붙일 때, 시원한 음료와 과일 몇 조각으로 목을 축일 때)을 자주 활용하면서 빨리 날이 새기만을 기다릴 수밖에 없었다. 그나마 날이 밝아 바깥바람을 쐬면 엄마는 가슴이 덜 답답한지

* 섬망은 불면, 초조, 안절부절못함, 소리 지르기 같은 과다 행동이나 환각 등이 자주 나타나는 증세를 말한다. 그래서 노인 환자의 경우 치매로 오인되기도 하는데 둘은 전혀 다른 것이다. 치매는 뇌세포가 파괴되어 그런 현상이 나타나는 것이고, 섬망은 뇌기능이 일시적으로 장애를 일으켜 증상이 나타나는 것이다. 따라서 치매 환자는 시간이 갈수록 증세가 심해지는 것이지만 섬망 환자는 시간이 지나면 정상으로 돌아온다. 섬망의 원인이 무엇인지는 아직 충분히 밝혀지지 않았으나 일종의 '뇌기능 부조화 사건'이라고 할 수 있다. 이는 심한 육체적, 정신적 스트레스와 쇠약으로 뇌가 정상적으로 자신과 현실을 감당하기 어려워 엉망진창이 된 것이다. 정말 견디기 어려운 일을 당하면 기절하거나 실성하는 등 혼란에 빠지는 경우가 생기게 되는데, 문제는 고령 환자의 경우 단기간에 정상으로 회복되지 않고 긴 세월 그 증세가 지속된다는 데 있다(이상운, 앞의 책, 2014, 36쪽.).

요양원에서 응급실로 입원할 때마다 엄마는 온갖 주삿바늘과 소변 줄 등을 빼곤 했는데 그것도 하나의 섬망 증세로 볼 수 있다고 한다. 그런데 그때의 섬망 증세는 상태가 안정되면 금방 사라지곤 했다. 이즈음 엄마가 보인 섬망 증세는 치매 증세와 상승 작용을 하면서 계속 지속되었다. 엄마는 정신적으로도 육체적으로도 극심한 혼돈과 고통의 도가니 속에서 지냈다.

조용해지며 잠깐씩 졸기도 했다. 그렇게 휠체어를 타면서 잠깐씩 조는 게 엄마의 수면 전부였다. 우리들은 밤마다 날이 밝기만을 기다리면서 엄마의 섬망과 불면 상태를 견뎌 내야만 했다.

호흡 곤란과 통증, 불안 등으로 이 무렵의 엄마는 본인 스스로도 어찌할 수 없는 상태에 놓인 것처럼 보였다. 게다가 몇 번에 걸친 응급실행으로 그때마다 한 단계씩 진행된 치매까지 더해지면서 엄마는 자신을 무방비 상태로 노출시킨 채, 고통의 도가니 속에서 힘들게 연명하는 것처럼만 느껴졌다. 삶에서 죽음으로 건너가는 문턱을 넘는 건 그다지 쉬운 일이 아닌 것 같았다.

이 상태로는 어디에도 엄마를 보낼 수 없어

(2020년 6월 4일~7월)

엄마의 상태는 극한 상황만 피해갔을 뿐 여전히 전시 상황이라 할 만큼 병세가 호전되지는 않았다. 그만큼 회복 탄력성이 현저하게 떨어진 상태였다. 여전히 식사는 입에 대지도 않아서 수액으로 버텼고, 밤이나 낮이나 잠을 거의 자지 못한 상태에서 가슴이 답답하다며 한시도 누워 있지 못했다. 다행히 시원한 과일이나 음료, 입에 맞는 간식 등은 좀 드시는 편이었다. 우리는 엄마가 음료와 간식을 드시는 동안에는 소리를 지르거나 불안 증세가 좀 옅어지는 것 같아서 수시로 음료와 과일, 간식 등을 챙겼다. 그러다 보니 대소변 횟수도 늘어났고, 수시로 기저귀를 갈아야 하는 대가를 치러야 함에도 멈출 수 없었다. 먹는 순간에는 엄마가 가슴 답답증을 잊는 것 같았기 때문이다.

병원 담당의는 더 이상 병원에서 처치를 해줄 수 있는 것은 없으니 일단 퇴원을 하고, 문제가 있으면 외래 진료를 신청해서 얼마든지 찾아오라는 진단을 했다. 사실 병원에 있어도 엄마가 딱히 처치를 받을 만한 것은 없었다. 우리에게 연명 치료 거부 서약서를 받아갔던 수련의는 면목이 없었는지, 이 상태에서 엄마를 집에서 모시는 것은 위험하다며 협력 관계에 있는 요양 병원 명단을 내놓고 엄마에게 맞는 요양 병원을 선택하라고 제안했다.

그러나 그 상태에서 엄마를 보낼 수 있는 곳은 아무 데도 없어 보였다. 요양원으로 모시기에는 엄마의 병세가 너무 악화된 상태였고, 코로나 때문에 면회도 안 되는 요양 병원으로 엄마 혼자만 보낼 수도 없었다. 게다가 혼자서는 식사도 못 하고 밤에는 잠도 못 이룬 채 온갖 섬망 증세로 소리를 지르는 엄마에게 요양 병원 측에서 어떤 조치를 취할지 눈으로 보지 않아도 뻔히 예상되었기 때문이다. 그런 상태라면 어느 병원에서든지 온갖 억제 수단을 동원해서 몸을 묶어 두거나 강한 수면제와 콧줄 사용을 권할 게 정해진 수순이었을 테니 말이다.

우리는 궁리 끝에 을지 병원 근처 아파트에 월세가 몇 개 나온 걸 확인하고, 아파트를 하나 얻어서 엄마를 모시기로 했다. 엄마 상태가 좋지 않아서 언제라도 위급한 상황이 닥치면 엄마를 신속히 병원으로 모실 수 있겠다는 판단 아래 내린 결정이었다. 병원에는 일주일만 퇴원

날짜를 더 연장시켜 달라는 부탁을 하고 근처 부동산을 샅샅이 뒤진 결과, 마침 리모델링을 막 끝내고 비어 있는 조그만 아파트를 발견했다. 그러나 병원과 가까운 곳으로 노모를 모시고자 집을 얻게 되었다는 솔직한 말에 주인은 안 된다는 의사를 부동산 중개인을 통해 알려왔다. 언제 돌아가실지도 모르는 노인 환자에게 집을 세놓을 수는 없다는 이유였다.

이런! 나이든 사람은 집을 얻을 권리도 없단 말인가? 노인 차별이 집 얻는 문제까지 영향을 미칠 줄은 미처 몰랐다. 기거하던 노인이 죽게 된다면 집값이 떨어질 수도 있기 때문에, 대체로 노인들에게는 절대로 세를 놓지 않는 게 집주인들의 일반적인 반응이라고 중개인이 전했다. 나는 나름대로 각본을 짜서 엄마 이야기는 빼고 당분간 내가 살 집이라고 설명한 후 병원 근처의 비어 있는 월세 아파트 하나를 겨우 계약 했다.

2020년 6월 4일, 퇴원하자마자 병원 근처의 조그만 아파트로 옮긴 엄마는 그곳이 집인지, 요양원인지, 병원인지 제대로 구분을 못 했다. 엄마를 안심시키기 위해 당신 집으로 모시고 왔다는 자식들의 거짓말도 믿기지 않은 듯 그저 의심의 눈빛으로 여기저기 둘러보기 바빴다.

그러나 저녁 무렵 온 집안 식구가 찾아와 흥성대는 바람에 엄마는 정말로 당신 집으로 온 것 마냥 안심하는 눈치였다.

자식들이 여럿이다 보니 집기를 하나씩만 장만해도 냉장고며, 밥솥이며, 식탁이며, TV, 이불 등 생필품이 금방 금방 모양새를 갖추었다(물론 중고 소형 집기였지만.). 엄마가 이곳에서 얼마나 지낼 수 있을지 가늠하기 어려웠지만, 십여 개월 동안 가족과 떨어져서 요양 병원과 요양원 생활을 한 엄마와 한 공간에서 지낼 수 있다는 생각에 필요하다고 생각되는 물품은 서로가 경쟁하듯 준비해 왔다. 다만 당분간은 엄마를 침대에서 해방시켜드리는 게 좋겠다는 나의 제안에 따라 침대 대신 라텍스로 엄마의 침구 도구를 챙겼다.

일 년 가까이 병상 침대에서만 지냈던 엄마는 오랜만에 침대에서 해방된 탓인지 엉덩이로 당신의 몸을 밀고 다니면서 집안 이곳저곳을 구경했다. 식구들의 왁자지껄한 소리를 뒤로 하면서 이곳저곳을 둘러보는 엄마에게 "엄마, 엄마 집 좋아?"라고 묻자, 엄마는 가느다란 미소를 지으며 고개를 끄덕였다.

그래……, 엄마에게 집은 '집'이 아니라 당신과 가까이 있는 (있어야만 하는) 자식들이 바로 '집'이었다. 엄마에게 집은 어떤 곳이라도 사실은 상관 없었다. 자식들이 있는 곳이면 그곳이 엄마 집이었다. 엄마의 오래된 '집 타령'은 그제야 가면을 벗고 비로소 그 의미를 드러냈다.

그리고 우리가 엄마 집을 장만해 드린 것이 아니라, 엄마가 우리에게 마지막으로 엄마와 함께 할 집을 마련해 주었다는 것을 깨달은 것은 삼 개월 뒤 엄마가 돌아가신 다음이었다. 엄마는 자식들이 연명 치료 거부서까지 썼던 병원에서 숨을 거두지 않았다. 자식들과 있는 가운데 숨을 거둘 수 있는 '집'을 우리에게 마련해 줌으로써 진정한 '집'의 의미를 깨닫게 했다.

　엄마의 성대한 입주식(?)이 끝나고 밤이 다가오자 병원부터 이어지던 엄마의 불면과 섬망 증세는 또 다시 고개를 들었다. 병원에서 잠을 못 자던 엄마는 장소가 바뀐 탓인지 증세가 더했다. 가슴이 답답하다며 잠시도 누워있지 못하고 일어났다 누웠다 하는 증세도 여전했다. 게다가 침대 생활에서 벗어난 엄마는 집 안 곳곳을 헤집고 다니며 '어머니' 소리를 끝없이 외쳤다. 우리는 병실에서 다른 환자들의 눈치를 보던 때와는 또 다르게 좁은 복도식 아파트에서 혹시 민원이라도 들어올까 봐 쫓아다니며 엄마를 달래기 바빴다. 엄마를 달래기 위해서는 엄마에게 뭔가 먹을거리를 드리는 게 최선이었다. 병원에서는 식사를 입에 대지도 않았던 엄마는 가족들과 식사하면서부터 이것저것 가리지 않고 닥치는 대로 먹었다. 엄마는 먹을 때 빼고는 한시도 가만히 있지 못하고 여기저기 돌아다니다 잠깐 우리가 한눈을 팔면 냉장고 문을 열어 생마늘이며, 생호박 등을 날것 그대로 입에 넣곤 해 기겁했다. 식사량이 꽤 많아졌는데도 엄마는 끝없이 먹을 것을 찾아서 온 집안을 뒤집어 놓았다.*

* 치매 환자는 다양한 증상을 보이지만 식탐도 여러 치매 증상 중의 하나다. 그러나 식탐의 원인에 대해서는 뚜렷한 답을 찾기 힘들다. 어릴 적부터 못 먹고 살았던 기억이 무의식중에 발현돼서 끝없이 음식을 밝힌다는 이야기도 있고, 밥을 먹었다는 사실을 뇌가 인지를 못 해서 환자는 밥을 안 먹은 것으로 알고 계속해서 식사를 요구한다는 설도 있다. 입맛과 식욕을 조절하는 두 뇌 부위가 손상돼서 식탐이 생긴다는 입장도 있으나 어느 것 하나 마땅하게 다가오는 것은 없었다.

새롭게 생긴 엄마의 식탐 증세 때문에 한시도 엄마에게 눈을 떼지 못하고 지내던 나는, 아마도 오랜만에 집에서 가족과 한 식사가 엄마의 식욕을 자극한 게 아닐까 하는 생각을 했다. 그러던 차에 잠시 시댁에 들른 적이 있었다. 엄마의 안부를 묻던 시어머니에게 엄마의 식탐 때문에 힘들다고 하소연을 했다. 시어머니는 원래 먼 길 가려면 배고프기 때문에 미리 챙겨서 많이 먹어 두는 법이라고 뜻밖의 대답을 했다.

노인들의 죽음 친화적인 서사가 치매 환자의 증세와 그토록 자연스럽게 섞일 수 있다는 점에 놀랐다. 시어머니의 그 말씀은 적중했다. 엄마는 돌아가시기 전, 단 하루 반만 식사를 못 하고(이때는 물 한 모금도 넘기지 못했다.) 숨을 거두었다. 시어머니 말처럼 엄마는 먼 길을 가기 위해 엄마의 몸 안에 열심히 비축한 것이었다. 엄마의 식탐에 대해 시어머니의 답변은 그 어떤 의학적인 설명보다도 명쾌한 것이었다.

그러나 엄마의 도발(?)은 여기서 끝나지 않았다. 그렇게 늘어난 음식량 때문에 엄마의 대소변은 끝도 없이 이어졌다. 한두 시간 간격으로 엄마 기저귀를 갈아야 했다. 기저귀 가는 것이 힘들어질 무렵이면 엄마는 어느새인가 옷과 기저귀를 몽땅 벗어 버리고 현관 문 앞으로 가 나가자는 신호로 아파트 현관문을 두드렸다. 아, 전혀 예상치 못했던 상황이었다. 그저 집으로 가면 엄마가 예전처럼 상태가 좋아질 거라고 막연히 생각했는데 전혀 아니었다. 병원에서 시작된 엄마의 불면과 섬망은 이제는 실면失眠과 식탐으로 이어졌다. 밤에는 계속해서 '어머니' 소리를 외치는 섬망 증세가 더해져 치매 말기에 도달한 것이다.

그런 엄마를 대할 때마다 수없이 나 자신에게 묻곤 했다. 엄마를 이렇게 모시는 것이 맞는 걸까? 이걸 어떻게 계속 감당하지? 이대로 언제까지 버틸 수 있을까? 이런 상태가 계속된다면 다른 방법을 찾아야 하는 건 아닐까? 고민이 끝없이 이어지던 괴로운 날들이었다.

섬망과 식탐, 그리고 실면失眠
(2020년 7월)

　그렇게 잠을 잊은 엄마는 밤새 '어머니'를 부르짖으며 손바닥을 바닥에 짚고 엉덩이를 밀면서 온 집안을 배회했다. 급기야는 옷을 다 벗어 버리고, 기저귀마저 벗어던진 채 알몸으로 대소변을 여기저기 묻히는 치매 말기 환자의 전형적인 상태를 보였다.* 그런 엄마를 달래도 보고, 호통도 쳐 보고, 모른 척 무시도 해 봤다. 그러나 엄마의 증세는 갈수록 심해지고 좀처럼 나아질 기미가 보이질 않았다. 정신과 담당 의사에게 수면제 처방을 받아 오늘 밤은 좀 주무시려나…… . 제발 좀 주무셔야 할 텐데…… . 하는 생각으로 우리 형제들은 매일 매일 엄마의 실면과 섬망 증세와의 전쟁을 치렀다. 그러나 한 달이 넘도록 엄마의 증세는 지속되었고 우리 형제들은 모두 지쳐만 가고 있었다.

엄마는 저녁 식사 후 밤 아홉 시경까지는 그런대로 잘 지내다가, 이부자리를 펴고 잠잘 준비를 하면 그때부터 본격적으로 오 분 간격으로 누웠다 일어났다 하며 당신의 손을 잡아 일으켜 달라는 요구를 계속했다. 그렇게 시작된 엄마의 밤중 배회와 '어머니'를 부르짖는 섬망 증세는 밤새 이어졌다. 그런 엄마를 밤새 쫓아다니면서 달래보다가, 호통을 쳐 보다가, 벗어놓은 기저귀를 수도 없이 다시 채우다 보면 어느새 새벽이 다가오고 아파트 베란다 창문을 통해 새벽빛이 어스름하게 들

* 우리가 인지하지 못하는 가운데, 엄마의 치매는 정신적, 육체적 스트레스와 환경 변화로 거의 말기 상태로 치닫고 있었다. 치매의 경우 중기 말이나 후기에 해당하는 단계를 흔히 치매 말기로 분류하는데, 이때의 주요 증상으로는 다음과 같다.
– 식사, 옷 입기, 씻기, 대소변 가리기 등에 대해 완전히 다른 사람의 도움을 필요로 한다.
– 다른 사람의 말을 대부분 이해하지 못하고, 말을 못하거나 웅얼거리는 상태가 된다.
– 기억이 대부분 상실된다(가족들도 알아보지 못한다.).
– 식용이나 음식 기호의 변화를 보인다.
– 극심한 수면 변화를 보이는데, 이에 따라 심한 불면증 및 초조 행동, 수면 주기의 변화, 착란 상태 등이 생긴다(최낙원, 앞의 책, 73~85쪽.).
  엄마의 경우 수면 변화의 한 극단에 있는 실면(잠자는 것 자체를 잊어버림) 상태로 접어든 것이다. 치매 환자는 말기에 이르면 음식 삼키는 것을 잊어버리는 경우가 있다. 마찬가지로 잠자는 것을 잊어버린 실면 상태도 치매 말기의 증상이었다.

어왔다. 대략 새벽 여섯 시 전후다.

엄마를 더 이상 쫓아다니는 것을 포기하고 벽에 기대어서 나도 모르게 잠깐 눈을 붙이는 시간이다. 그러다가 화들짝 놀라서 눈을 뜨면, 엄마는 옷을 벗은 채로 베란다로 들어오는 햇빛을 온몸으로 받으면서 거실을 등지고 베란다 창문을 향해 앉아 있었다. 이제 막 떠오르는 햇빛을 받으면서 긴 그림자를 등 뒤로 늘어뜨린 채, 앉은 상태로 엄마는 주무시고 있었던 것이다(실면失眠 환자 중에는 앉아서 잠자는 경우도 많다고 한다.).

그런데 내 눈에는 엄마의 그 모습이 잠잔다기보다는 왠지 고행을 자처하는 수도자의 모습처럼 보였다. 모든 것을 다 벗어 버리고 앙상한 뼈만 남은 몸으로 떠오르는 해를 향해 눈을 감고 있는 엄마의 모습이 내 눈에는 마치 세상의 고통을 초월하고자 수행하는 수도자의 이미지로 다가온 것이다. 잠깐 눈을 붙이다가 깨어난 나는 엄마의 수도승다운 강렬한 이미지에 압도되어 간밤의 기나긴 전쟁은 잊어버리고 엄마의 뒷모습을 말없이 바라볼 수밖에 없었다. 현실적으로 그건 병이었지만 병으로 일축하기에는 너무나도 근엄하여 신성함마저 느꼈다.

그 모습을 한참 바라보다 보면 내 안에서 엄마와 또 하루를 새로 시작할 수 있는 힘이 생겨나는 것을 발견할 수 있었다. 그때의 엄마 모습에서 우리에게는 결코 찾아볼 수 없는, 범접할 수 없는 신성한 아우라를 느꼈다. 그런 엄마에게 "엄마, 이렇게 옷을 다 벗고 도대체 뭐하는 거냐?"고 타박할 수는 없었다. 베란다 창문을 통해 들어오는 햇빛을 받으며 앉은 채로 잠든 엄마를 뒤로 하고 나는 힘을 내서 아침 준비를 했다.

국과 나물 반찬 몇 가지를 준비해서 앉은 채로 잠든 엄마를 부르면 이건 또 뭔가? 엄마는 마치 세상을 처음 대하는 어린 아이와 같이 눈빛을 반짝이며, 연신 "고맙습니다, 고맙습니다."를 연발했다. 밥상에 반찬과 밥그릇이 하나씩 오를 때마다 환호하며 환하게 웃는 그 모습은 그야말로 천진난만한 어린 아이의 모습 그 자체였다.

엄마가 짧게 있었던 요양원의 요양 보호사들이 엄마에게 붙여준 '살인 미소'라는 것이 이런 건가 싶게 엄마는 그야말로 보는 사람의 마음을 확 녹아내리게 하는 미소를 보이며 숟가락을 들었다. 그러나 급하게 한 숟갈 뜨려다 말고, 엄마가 한 가지 잊지 않는 것이 있었다. 식탐이 당신을 지배하는 와중에서도 꼭 당신 앞에 있는 사람에게 먼저 식사를 권하는 것이다. 역시 이천 서씨는 양반이었나 보다. 그렇게 엄마와의 하루는 새로 시작되었다.

목욕과 간단한 청소 및 그림책 보여 드리기 등의 활동이 끝난 오후, 따가운 여름 햇볕이 좀 사그라질 때면 엄마를 휠체어에 태워 근처 마트나 아울렛 매장 구경을 하다가 엄마가 좋아하는 군것질거리를 사들고 오는 것이 일과가 되었다. 동네 마트나 아울렛 매장에 가면 우선 엄마가 좋아하는 호두과자를 사서 엄마 입에 넣어 드렸다. 야쿠르트를 빨대로 쪽쪽 빨며 활짝 웃는 엄마를 모시고 근처 공원에서 커피 한 잔을 마시고 한숨 돌리면 어느새 해가 지고 있었다. 곱게 깔리는 저녁노을을 엄마와 바라보는 것도 나쁘지 않았다.

그러던 어느 날인가, 남은 호두과자를 엄마 입에 넣어드리고 집으로 돌아오는 길에 건널목 턱이 높은 탓인지 휠체어 바퀴가 제대로 작동하지 않아 씨름을 하던 때였다. 지나가는 아주머니 한 분이 다가와 앙상하게 뼈만 남은 엄마 다리를 훔쳐보다가 휠체어를 올려 주며 친정엄마냐고 묻더니 한마디 했다.

"아이고, 아무리 엄마라지만 이런 엄마를 모시기는 힘들 텐데……. 나는 힘들어서 이렇게 못 해. 병원이나 요양원에 보내야지 힘들어서 어떡하려고……."

나는 휠체어 바퀴가 건널목 턱을 넘지 못해 씨름을 하고 있는데도, 엄마는 아무 근심 걱정 없이 호두과자만 입에 넣기 바빴다. 그 아주머니 눈에는 엄마도 나도 딱해 보였나 보다. 그 아주머니의 관심도 동정도 고맙지만 아주머니의 그 말에는 동의하기 어려웠다. 새벽녘의 초월자, 아침 해가 떠오를 무렵의 어린아이와도 같이 천진난만한 엄마의 얼굴은 내가 지닌 모든 것을 지불한다 해도 쉽게 찾아볼 수 없는 모습이다. 그런 엄마를 보내긴 어딜 보낸단 말인가……. 나는 그동안 엄마에게 시달리면서도 엄마의 천진한 '살인 미소'에 그만 중독돼 버린 것이다.*

★ 자신의 정체성을 둘러싼 긴 고통의 시기인 '터널 증후군'을 거친 치매 말기 환자에게서 볼 수 있는 이 천진함은 '나', '내 것'이라는 개념이 사라지면서 얻게 된 행복이라고 의학자들은 해석을 한다. 인간이 갖는 일차원적 정신-생각하기, 기억하기, 이성적인 행동-이 사라지면서 유쾌해진다는 것이다. 이것은 자아에 집착이 약해지고 느슨해진 상태에서 펼쳐지는 존재의 새로운 영역인데, 이런 차원에서 보자면 치매 환자들은 때때로 인류의 위대한 스승들이 온 생애를 바쳐 얻고자 노력했던 것들을 경험한다고 볼 수도 있다. 자아가 없는 삶을 사는 것이다. 이 단계에서의 치매 환자들이 갖는 천진난만함은 인간이 존재의 경계를 넘어 시공간의 저편으로 떠나고자 할 때 생기는 삶의 맑은 에너지라고도 언급된다(랄프 스쿠반, 앞의 책, 61쪽.).

치매 노인의 천진난만함에 대해서 일본의 사회학자 우에노 치즈코는 다음과 같은 진단을 내리기도 한다. "갓난아이나 유아가 '현재'에만 열중하여 살고 있듯이 치매 노인 역시 오직 '현재' 속에서만 꿋꿋하게 살고 있다, 이것은 인생의 시작과 끝에 신이 주신 은총이다(니카무라 유지로·우에노 치즈코, 장화경 옮김, 『인간을 넘어서』, 당대, 2004, 192쪽.)."

일본에서 '평온한 죽음'의 선구자 역할을 한 의사 이시토비 고조는 치매 환자들과 접할 때는 자신이 구원받는 것 같은 기분이 들 때가 있다면서 치매는 생각하기에 따라서는 '인생의 애교'와도 같다고도 했다(이시토비 고조, 민경윤 옮김, 『어떻게 죽음을 맞이해야 하나』, 마고북스, 2012, 92쪽.).

돌봄, 치매 엄마 곁에서 존재하기
(2020년 7월)

엄마의 실면이 지속되면서 이제는 엄마가 밤에 잠을 잘 수 있다는 기대는 아예 할 수 없었다. 안양 언니와 나는 각각 월·수, 화·목·금으로 한 번씩 번갈아가며 엄마를 돌보기로 했다. 토요일 저녁부터 일요일까지는 오빠가 엄마를 돌보기로 했다. 그러나 월요일이나 수요일에 엄마와 밤을 지새우고 다음 날 오후에 수원 집으로 돌아오면, 그 다음날 아침에 또다시 두 시간이 넘는 거리를 달려가 엄마가 있는 중계동 아파트에 도착해야 했기 때문에 사실은 육 일 내내 엄마에게 매달릴 수밖에 없는 생활의 연속이었다. 게다가 코로나 때문에 온라인 녹화 수업을 해야 했기에 나머지 시간에도 잠을 자지 못했다. 그저 버텨야 한다는 생각만으로 하루하루를 보낼 수밖에 없었다. 집에서 돌보는 간병인을 구하기도 쉽지 않았고, 엄마가 새로 받은 노인 장기 요양 삼 등급으로는 하루 세 시간, 그것도 아침 식사 후부터 열두 시까지만 간 병인을 쓸 수 있어서 실제적으로 도움이 되지 않았다.

그렇게 잠을 자지 못하는 날들이 이어지는 가운데 기말 성적 처리 과정에서 한 학생의 표절 시비 문제가 불거진 적이 있었다. 별도로 시 간을 내기 어려웠던 나는 수원에서 중계동까지 이어지는 전철 안에서 전화로 실랑이를 하던 끝에 겨우 문제를 해결했다. 급하게 오느라 아 침도 못 먹고 달려왔지만 시간은 벌써 점심시간을 향해가고 있었다.

전날 밤 엄마를 쫓아다니면서 또 꼬박 밤을 지새웠을 언니가 집으 로 돌아가야 할 시간이고, 내가 빨리 가서 엄마 점심을 챙겨드려야 할 시간이다. 하지만 그날따라 중계역에서 내려 엄마에게 가는 길은 너무 나도 힘들게 느껴졌다. 수면 부족 상태에서 운전은 절대 안 된다는 남 편의 신신당부로 대중교통을 이용하다보니 시간은 시간대로 몸은 몸 대로 더 피곤했다. 그날은 정말이지 "피할 수만 있다면 저 잔을 피하게 해 달라."는 예수의 마지막 기도가 절로 이해되는 심정이었다. 정말로 피할 수만 있다면 그날 하루만은 엄마로부터 피해가고 싶은 날이었다. 그러나 어쩌랴. 이미 아파트 비밀 번호를 누른 후였고 내 몸은 엄마가 있는 아파트 거실 안으로 옮겨진 후였다.

거실에는 아무도 없고 욕실 샤워기에서 흘러내리는 물소리가 들렸다. 욕실 문을 열고 보니, 그곳에서는 언니와 엄마 모두 옷을 다 벗고 서 진풍경을 연출하고 있었다. 엄마는 옷을 다 벗고 목욕 의자에 앉아서 언니에게 몸을 맡긴 채 샤워기를 자신의 다리 쪽에 대고 물장난을 하고 있었다. 언니는 그런 엄마를 자신의 품에 안은 채 요리조리 엄마 머리를 돌려가며 가위로 머리칼을 손질하고 있었다. 아니나 다를까 간 밤에 한숨도 자지 못했음을 언니 눈 밑의 짙은 다크써클이 말해 주고 있었다. 나이 육십에 그 어렵다는 미용사 자격증을 딴 후 헤어숍을 두 개 씩이나 운영하던 언니는 그날 그렇게 엄마의 자라난 머리칼을 손질하고 있었다.

언니의 품에 안겨 여기저기 물을 뿌리면서 무아지경으로 즐거워하던 엄마는 내가 들어서자 예의 그 '살인 미소'를 띠며 활짝 웃었다. 언니는 피곤에 찌든 얼굴임에도 전혀 내색을 하지 않고 "어서와, 힘들지?" 하면서 맞아 주었다. 순간 나는 그 모습이 너무나도 눈부셔서 눈을 부비며 언니와 엄마의 모습을 다시 한번 확인했다.

이 모습, 이 태평한 모습, 이것이 바로 천국의 모습이 아닌가⋯⋯. 나는 언니와 엄마가 벌거벗은 상태에서 보여 주는 목욕과 미용의 랑데부를 웃으면서 지켜보았다. 이미 나의 피곤함은 씻은 듯이 사라져 버린 후였다.

엄마의 목욕과 미용이 끝난 후 우리는 언니가 미리 준비해 둔 카레로 점심을 먹었다. 엄마와 나는 음식 솜씨 좋은 언니가 만든 맛난 카레를 한 점도 남기지 않고 싹싹 쓸어 다 먹었다.

안양 사는 넷째 언니 김경희는 사실, 우리 집에서는 이방인과도 같은 존재였다. 엄마가 딸 셋을 연거푸 낳고 넷째까지 딸을 낳았을 때, 엄마는 아들을 낳지 못한 죄(?) 때문에 시댁에 얼굴을 들지 못하고 나주 외할머니에게 핏덩이 넷째 딸을 맡겼다. 언니는 외할머니 밑에서 초등학교(국민학교) 오 학년까지 다니다가 초등학교 육 학년 때 중학교에 가기 위해 광주에 있는 우리 집으로 합류했다. 언니가 외할머니 밑에서 자랐던 때 일화에는 들을 때마다 웃기면서도 슬픈, 그야말로 '웃픈' 내용들이 많다.

언니가 아직 초등학교에 들어가기 전, 엄마가 어쩌다 언니를 보러 외할머니 댁에 가면 언니는 외할머니 치마 뒤에 숨어서 "할머니, 이상한 아줌마가 왔어" 하며 외할머니 치마로 얼굴을 가렸다는 이야기, 우리 집 가세가 기울어 진 뒤로 어쩌다 방학 때 광주 집으로 언니를 보낼 때면 쌀과 잡곡 부대를 언니 몸에 꽁꽁 동여매 주시며 "이거는 니 식량이니까 절대로 다른 형제들 주지 말고 니 챙겨 먹어라."고 하셨다는 외할머니의 당부 말씀, 사업이 망한 후에도 기나긴 세월 동안 빚쟁이

들에게 시달렸던 아버지가 궁여지책으로 언니의 중학교 등록금마저 날려 버렸을 때, 누구보다도 앞장서서 언니의 중학교 등록금을 보냈던 외할머니 이야기를 언니는 웃으면서 했지만 그 웃음 뒤에는 갓난쟁이 때부터 가족들과 떨어져 살아오면서 감당했어야 할 굴곡진 삶의 주름이 선명하게 자리하고 있음을 나는 놓칠 수 없었다.

엄마는 핏덩이 넷째 딸을 직접 키우지 못하고 외할머니에게 맡겼지만 나이 들며 누구보다도 넷째 언니에게 많은 것을 의존했고 집안의 어려운 문제들은 주로 언니하고 논의했다. 물론 이른 나이에 형부가 대장암으로 생계가 막막해지자 언니가 엄마 가게에서 한복을 배워 같이 일을 한 이유도 있었다. 남 칭찬을 그리 잘하는 편이 아니었던 엄마도 항상 자신을 추켜세우지 않고 말없이 수행하는 사람이라고 언니 칭찬을 많이 했다.

언니는 엄마 말대로 절대 자신을 내세우지 않고 자신이 해야 할 일이라면 묵묵히 수행해 온 사람이었다. 게다가 생활력도 강해서 어려운 가운데서도 자식이 미국 유학을 성공적으로 마치기까지 뒷바라지 했으니…….

언니의 성품은 잘 알고 있었지만 내가 언니를 존경하게 된 구체적인 시기는 일산에서 아들 학교 때문에 수원으로 이사 온 이후 언니와 가까이 지내면서부터이다. 그때는 언니가 미장원을 두 개씩이나 운영하는, 그야말로 눈썹이 휘날리도록 바쁜 상태였기 때문에 언니와 개인 적으로 가까워지기는 힘들었다. 그러나 언니는 내가 한 개를 주면 두 개로 되갚아 주는 사람이었다.

치매 엄마를 모시는 동안 언니는 힘이 들어도 엄마 앞에서는 힘든 내색을 절대로 안했다. 또한 엄마에 관한 한 어떤 경우에도 극단적인 처방을 한 적이 없었다. 늘 "이렇게 해 보면서 두고 보자.", "저렇게 해 보면서 두고 보자."는 식이었다. 언니는 한마디로 말이 앞서는 걸 무 척이나 싫어했다. "할 수 있는 건 해 보자. 그러면 길이 보이지 않겠느 냐."는 식이었다. 따지기 좋아하는 나는 늘 말이 앞섰고 판단하기 바빴 는데 언니는 늘 몸으로 감당하면서 상황을 가늠했다. 치매 걸린 엄마 를 모시는 가운데 온갖 소란스러운 상황에 부딪힐 때도 언니는 결코 평정심을 잃지 않고 나와 오빠를 달래가면서 중심을 잡아 나갔다. 그 리고 극단적인 상황에서도 결코 낙담하지 않았다.

교회의 권사이기도 한 언니는 내가 교회에 나오기를 많이 바랐다. 그러나 권유는 안하고 기다리는 눈치였다. 그런 언니의 마음을 잘 알 고 있는 나는 피곤한 가운데서도 언제나 따뜻하게 엄마를 안아 주고 돌보는 언니의 모습을 보며 만약에 하나님과 예수님이 존재한다면, 바

로 저 모습이 아닐까 하는 생각을 했다.* 그리고 언니에게 마음속으로
편지를 썼다.

"언니, 나에겐 언니가 예수님이고 하나님이네. 늘 나에

* 엄마를 집에서 간병하는 동안 나는 처음으로 '돌봄'에 대해서 깊게 생각해
볼 기회를 갖게 되었다. '돌봄'을 단순한 간병 노동으로 보기보다는 "인간이
란 무엇인가"라는 문제와 깊게 연계된 차원에서 생각을 할 수 있었다.
  '돌봄'을 중심으로 한 진료와 의료 시스템의 중요성을 강조한 정신과 의사
이자 의료 인류학자인 아서 클라인먼은 알츠하이머 치매를 십 년간 앓다 죽
은 자신의 아내를 간병한 기록 『케어Care』 서문에서 돌봄의 경험은 삶의 위협
과 불확실성을 확인시켜 주기도 하지만, 질병, 위험, 의심에 대처하면서 인내
력과 정신을 강인하게 해 준다고 강조하며, 관계, 존재함, 인내, 추억을 소중히
하는 것이 돌봄의 핵심이라고 언급한다.
  "돌봄의 핵심은 옆에 있음, 현존이다. 돌보는 사람과 돌봄을 받는 사람 모
두 생생하고 온전한 자기 자신의 모습으로 서로의 곁에 존재하는 일이다. 돌
보는 행위는 우리 안의 현존을 끌어낸다. 나는 돌봄이 공포와 두려움의 순간
들을 목격하게 하고 자기 의심과 무력감을 수없이 마주하게 하지만, 그러면
서도 진정한 인간적 유대감을 나누게 하고, 서로를 정직하게 드러내고 삶의
목적의식과 감사를 키운다는 사실을 배웠다. …… 돌봄은 모든 인류에게서
볼 수 있는 보편적인 행위이며, 그와 동시에 가장 무겁고 좌절을 안겨 주는
행위이다. 우리 안의 인간애를 온전하게 깨닫게 하는 실존적인 행위이기도
하다. …… 돌봄의 미천한 순간들, 즉 이마의 식은땀을 닦아 주고, 더러워진
시트를 갈고 짜증을 달래 주고, 마지막 순간에 사랑하는 사람의 볼에 키스
를 할 때 내 안의 가장 훌륭한 나의 모습이 구현된다. 돌보는 사람과 돌봄을
받는 사람에게도 일종의 구원이 찾아온다. ……(아서 클라인먼, 노지양 옮김,
『care』, 시공사, 2020, 15~16쪽.)."

게 평화를 안겨 주고 말없는 가운데 조용히 헌신하는 언니야말로 나의 예수이자, 하나님인데 굳이 교회까지 가서 예수님과 하나님을 만날 이유가 어디 있겠는가……. 언니가 말없는 가운데 보여 준 가르침만 새겨도 나는 교회 나가는 것 이상으로 종교 생활을 하고 있는 셈이야……. 미안해, 언니. 내가 교회에 나가면 좋겠지만 신앙생활이란 내 삶의 습관이나 생활 태도, 모든 걸 바꾸는 것이라서 쉬운 문제가 아닌 것 같네. 당분간은 언니를 내 하나님으로 모시고 사는 것으로 만족할게……."

2020년 9월 10일 새벽 두 시 십오 분, 둘째 언니로부터 엄마의 임종 소식을 전해 듣고 엄마한테 달려가는 차 안에서 나는 언니 손을 잡고 펑펑 울었다.

"언니, 고마워. 진짜 고마워. 언니 덕분에 엄마가 편히 가실 수 있었어……."

임종 기록

수면 장애 치료와 고관절 골절

(2020년 7월 24일~8월 17일)

　엄마의 수면 장애가 두 달 가까이 이어지면서 엄마의 건강 문제도 걱정이 되었지만 엄마를 돌보는 자식들의 건강에도 무리가 왔다. 자기 몸을 사리지 않고 엄마를 돌보던 언니 허리에 무리가 왔고, 갑상선암 수술을 받았던 병력이 있는 오빠도 건강에 적신호가 왔다. 우리 형제들은 뭔가 특단의 대책이 필요함을 감지했다. 이대로 계속 가다가는 엄마도, 간병인인 우리 형제들도 더 이상은 버티기 힘들다는 진단을 내린 것이다.

　엄마가 병원에서 퇴원한 후 외래 진료를 맡았던 정신 건강 의학과 교수에게 엄마 수면 상태를 논의했다. 병원에 입원하면 엄마에게 알맞은 수면 약을 찾아줄 테니 고생 그만하고 당장 입원 시키라는 시원스런 대답이 돌아왔다. 그렇게 해서 엄마는 다시 병원으로 입원하게 되었다. 담당 교수는 매일 엄마의 수면 상태를 체크하면서 엄마의 약 처방을 위해 보호자인 우리들과 논의를 했다. 엄마의 수면제 처방은 어떤 날은 그런대로 효과가 있었고 어떤 날은 또 한숨도 자지 않는 파도타기로 이어졌다. 엄마에게 맞는 약을 찾기까지는 조금 더 시간이 필요할 것 같다며 담당 주치의는 아침저녁으로 원적외선 치료와 회진을 통해 성심껏 전념해 주었다.

엄마의 수면 상태 체크를 위해서는 간병인을 쓸 수 없었다. 다행히 병원에 입원하면서부터 엄마의 섬망 상태가 거의 사라져서 우리는 그것만으로도 횡재한 기분이었다. 비록 파도타기로 이어지는 불규칙한 수면이기는 해도 잠을 어느 정도 자게 된 엄마는 심리적으로도 안정을 되찾았는지 식탐도 조금씩 줄었다. 하지만 병원에서 나오는 식사를 한 톨도 남기지 않고 드시는 왕성한 식욕은 여전했다. 엄마 간병 당번을 번갈아 맡았던 우리 형제들도 엄마의 '어쩌다 수면' 혜택을 통해 부족한 잠을 보충하면서 한숨 돌릴 수 있었다. 자신이 돌봄 당번을 맡은 날에 엄마가 주무시기라도 하면 우리는 계라도 탄 것 마냥 우쭐해서 서로에게 자랑을 늘어놓기도 했다.

엄마가 무사히 수면 치료를 마치고 퇴원하기만을 고대했던 우리들에게 뜻하지 않은 비보가 날아 왔다. 주무셔야 할 시간이 한참 지났는데도 여전히 초롱초롱한 엄마 때문에 당번이었던 오빠가 수면제를 타러 간호사에게 간 사이, 엄마는 자신만 두고 오빠가 가버린 줄 알고 침대에서 내려오다 그만 낙상을 당했다는 소식이었다. 밤새 엄마의 다리는 퉁퉁 부어올랐다. 이튿날 아침 검사 결과 고관절 골절로 진단이 나왔다.

정형외과 의사는 뼈가 부스러지거나 파손된 상태가 아니고 다행히 조금 부러진 상태니 간단한 수술로 고정할 수 있다며 한 치의 망설임도 없이 자신만만하게 수술을 부추겼다. 엑스레이 상으로 드러난 엄마의 골절 상태는 문외한인 우리가 보기에도 뼈와 뼈 사이를 고리로 잇는 간단한 고정 수술만으로도 해결될 수 있을 것 같아 또다시 '연명 치료 거부서'에 서명을 하고 다음 날로 수술 날짜를 잡는 데 동의했다. 엄마 심장 상태가 안 좋아서 마취를 견뎌 낼 수 있을까 하는 걱정이 컸다. 간단한 수술이니 걱정 말라는 정형외과 담당의의 명쾌한 답변과 만약에 엄마 심장에 무리가 올 것 같으면 마취과 담당 의사가 조치를 취할 것이니, 그때 가서 한번 더 논의를 할 수 있다는 수련의들의 답변에 밀려 엄마의 고관절 수술을 승낙한 것이었다.

2020년 7월 28일 엄마 수술 준비를 다 마치고 수술 대기실에 들어가니, 마취과 주임 의사는 엄마의 심장 상태가 현저히 안 좋아서 마취가 어렵다고 했다. 엄마의 심장 상태로 전신 마취를 하고 수술을 하면 깨어나지 못할 확률이 크며(팔구십 퍼센트) 깨어나시더라도 자가 호흡이 불가능해서 인공호흡에 의지한 채로 중환자실에서 나오지 못할 확률이 크다는 얘기를 길게 하면서 자기는 엄마에게 마취를 할 수 없다는 소견을 밝혔다. 우리는 간단한 고정 수술이라는 정형외과 의사의 확신에 찬 말만 믿고 수술을 결정했는데 의외로 너무 심각한 문제였다. 수술을 잠시 미루고 다시 논의를 해야만 했다.

먼저 담당 정형외과 의사에게 전화를 했다. 마취과 의사는 엄마에게 마취를 해서는 안 된다는데, 만약에 엄마가 수술을 안 할 경우에는 어떻게 되느냐고 물었다. 정형외과 의사는 만약 수술에 성공한다면 엄마는 일 년 정도 더 지내실 수 있을 것이며 수술을 안 할 경우에는 한 삼 개월 정도 연명을 하실 거라고 너무도 태평하게 답변을 했다. 그렇다면 겨우 칠팔 개월 더 연명하고자 엄마가 그 위험을 감수하면서 수술을 해야 한단 말인가? 망치로 머리를 한 대 얻어맞은 듯 갑자기 정신이 멍해졌다. 나는 원래 마취과에서는 만약을 대비해서 세게 말하는 것이다, 수술 자체로 보면 너무 간단한 수술이라고 여전히 태평하게 답변하는 정형외과 의사에게 지방에 계신 가족들 의견을 물어보지 못했으니 일단 그분들의 의견을 들어보고 결정하겠다고 답을 했다.

수술을 할 것이냐 말 것이냐, 빨리 결정하라는 마취과 수련의들의 성화를 뒤로 하고 우리들은 급히 광주 언니와 형부에게 전화를 해 보았다. 광주 형부는 수술은 절대 불가하다는 입장이었다. 엄마 심장 상태로는 깨어나지 못할 확률이 너무 크고, 주변에 보면 고관절 골절 통증은 시간이 지나면서 점차 희미해지고 수술을 안 하신 상태로도 오래 사는 분들이 많다는 사례를 들면서 가급적이면 수술을 하지 말아야 한다고 강하게 말했다. 한의학을 독학한 남편은 뜻밖에 수술을 하는 게 나을 것 같다는 입장을 표명했다. 고관절 골절은 수술 외에는 방법이 없다는 게 그 이유였다. 자신이 가진 의학 지식과 책자를 모두 다 뒤져 봐도 고관절 골절은 수술 외에는 통증과 욕창 및 온갖 합병증을 이겨 낼 방법이 없다는 것이다.

긴 논의와 상담 끝에 오전 열 시로 잡혔던 수술은 공수표로 돌아가고야 말았다. 우리는 마치 긴박한 도박판에서 패를 잃은 도박꾼마냥 맥없이 엄마를 끌어안고 병실로 돌아왔다. 병실의 간병인들은 하나 같이 수술하지 않는 게 맞다고 입을 모았다. 간병 경력 이삼십 년차 베테랑인 그들 말에 따르면, 수술을 해도 엄마처럼 쇠약한 고령 환자는 수술 후유증으로 고생만 하다가 결국은 돌아가신다는 것이다.*

　당신의 침대로 돌아온 엄마는 그저 근심스런 얼굴로 앉아있는 우리를 둘러보다가 "왜, 내가 어디 아파?" 하고 물었다. 엄마의 어이없는 질문에 우리는 하릴없이 웃을 수밖에 없었다. 골절로 통증이 심할 텐데도, 엄마는 당신이 아프다는 사실 하나만으로 의사, 간호사, 보호자, 간병인들 모두 당신을 에워싸고 근심어린 애정의 눈길을 보내자, 우호적인 눈길을 받는 것만으로도 의기양양해져서 아픔은 뒷전인 모양이

---

* 엄마의 고관절 수술은 엄마 심장 상태로 봐서는 절대 무리일 수밖에 없다는 것에 동의를 하면서도 나는 엄마의 수술이 불발된 것에 일말의 아쉬움이 남았다. 엄마의 나이와 체력 조건, 심장 상태 등을 고려하면 수술을 만류하는 사람들의 입장이 맞는 것임에도, 미련을 떨치지 못했던 것은 어떤 식으로든 엄마를 치료하지 않으면 일종의 방치가 아닐까 하는 '의료 만능 주의' 강박에서 자유롭지 못한 까닭이었던 것 같다. 사실 그 '의료 만능 주의'라는 것은 어떤 식으로든 환자를 치료해야 하는 것이 의사의 사명이라고 배워 온 의사들과 비용과 이해득실, 평판과 실적을 따지는 의료계의 구조가 자신의 상태에 따른 합리적인 결정을 할 수 없는 환자의 수동적인 선택을 등에 업고 지탱되는 일종의 환상일지도 모르는데 말이다.

　그렇게 생각하면 "치료할 수 있다고 해서 반드시 치료해 줘야 하는 것은 아니다. 환자는 로봇이 아니라 개별적 인간이다. 치료 계획을 세울 때 한 인간이 살아온 삶의 맥락이 무시될 때가 많다. 건강에 거의 혹은 아예 도움이 되지 않고 어쩌면 무척 해로울 수도 있는데도, 많은 환자들은 자신이 대체로 이해할 수 없는 기술을 수동적으로 받아들인다. 나는 병원이 모두를 위한 장소라고는 생각지 않는다."는 노인 의학 전문의 데이비드 재럿의 입장은 일리가 있다(데이비드 재럿, 앞의 책, 132쪽.).

었다. 마치 어린 아이가 주위의 관심을 한 몸에 받고 우쭐해하는 표정과 흡사했다. 치매 환자의 경우 일반 환자와는 달리 통증을 덜 느낀다는 건너편 간병인의 말이 그나마 위로가 되었다. 하지만 마음은 여러 가지 생각으로 복잡하기만 했다.

우리 착한둥이, 순둥이
(2020년 7월 30일~2020년 8월 17일)

일단 수술은 유보됐지만 엄마의 고관절 골절은 몇 가지 지각 변동을 가져왔다. 무엇보다 엄마는 깊은 잠을 자게 됐다. 통증을 잊으려고 어쩔 수 없이 수면을 택한 건지, 아니면 진통제에 들어간 약 성분 때문인지 엄마는 실로 오랜만에 깊은 잠을 잤다. 몸을 뒤척일 때마다 통증 때문에 약간의 신음 소리를 내기는 했지만 결코 깨거나 일어나지 않고 밤새 잘 잤다.

그렇게 깊은 잠을 자고 아침 식사가 나올 무렵이면 엄마는 마치 아무 일도 없었던 것처럼 눈을 뜨고는 방싯방싯 웃으면서 당신 앞에 놓인 아침 식사를 마주했다. 식사도 아주 맛나게 잘 들었다. 고관절 골절이 맞나 싶을 정도로 반찬 한 점, 밥알 한 톨 남기지 않고 병원 밥을 세끼 다 깨끗이 먹는 바람에 우리 형제들은 그런 엄마가 놀랍기도 하고 고맙기도 했다. 그리고 마음 한편으로는 이렇게 식사를 잘하니 통증만 사라진다면 굳이 위험을 감수하면서까지 수술을 하지 않아도 되지 않을까, 예전처럼 움직이지는 못하더라도 기저귀 갈 때를 빼고는 앉아서 지내시기에 별 무리가 없어 보이니 괜찮지 않을까, 광주 형부 말처럼 시간이 지나면 통증도 사라지는 것은 아닐까 하는 생각도 들었다.

정형외과, 정신 의학과, 심장내과 세 곳의 협진이 필요했다. 엄마는 오전마다 회진을 오는 세 의사들과 수련의들 때문에 꽤나 바쁜 일과를 보내야만 했다. 엄마의 오래된 심장내과 주치의는 그저 말없이 엄마의 상태만 살피다 갔다. 심장내과 주치의는 십여 년 전에도 상태가 안 좋은 엄마의 심장 수술을 하느냐 마느냐 하는 문제로 우리 가족들과 합의를 못해 엄마의 심장 수술을 못 했다. 수술하지 않은 상태로 여기까지 온 것만으로도 대단하다고 여겼는지, 아니면 엄마의 심장 상태로는 어떤 수를 쓰더라도 그리 오래 가지 못할 것임을 예단하고 있었는지 별다른 말이 없었다. 엄마가 밤마다 정상적으로 주무시는 것을 확인한 정신 의학과 주치의는 자신이 처방한 약이 성공적으로 들어맞았다고 생각했는지, 올 때마다 얼굴에 웃음이 가득했다.

정형외과 주치의와 수련의들은 엄마가 통증을 거의 못 느끼고 있다는 우리들의 말에 이상하다고 고개를 갸웃거리며, 자신들이 엄마에게 해드릴 수 있는 건 진통제 제공밖에 없으니 혹시라도 통증이 심하면 언제라도 진통제를 더 받아가라고 했다. 한번은 정형외과 주치의가 빠지고 수련의들만 회진을 돌 때가 있었다. 엄마가 통증을 거의 호소하지 않는다, 혹시 고관절 뼈가 다시 붙는 경우도 있냐는 내 질문에 그들은 고개를 갸우뚱거리며 "이상하네요……. 이러다가 가끔은 뼈가 붙을 수도 있기는 해요……."라며 말끝을 흐렸다. 최대한 빨리 수술을 하는 것만이 답이라고 했던 자신들 스스로 한 입으로 두 말하는 형국이 돼 버린 것이다. 나는 실소를 금치 못했지만 솔직히 수술에 대해 미련을 다 버리지 못하고 있었다.

정형외과 의사가 그렇게 수술을 권할 때는 어느 정도 자신이 있고, 문제가 될 게 없다고 판단해서 내린 결정일 텐데 혹시 다른 병원으로 알아보는 건 어떨까……. 지난 번 요양 병원에서 같이 지내셨던 아흔여덟 살 할머니도 다리 수술을 했다고 들었는데(물론 그 할머니는 고관절 수술을 위해 전신 마취를 한 건 아니었고, 심장 상태도 양호한 편이었다.) 우리가 너무 겁을 먹은 건 아닐까……. 아니지, 지금 문제가 되는 건 엄마의 고관절 골절이 아니라 심장 기능이 문제인데, 다른 병원이라고 해서 특별한 수가 있을까? 그곳에서 수술도 역시 도박에 가까운 모험이 될 수밖에 없는 게 아닌가……. 그렇다면 우리에게 남은 선택지는 무엇일까……. 정형외과 의사 말이 맞다면 엄마는 삼 개월 정도밖에 살지 못한다는 건데, 이대로 손을 놓고 있어도 되는 것일까…….

엄마는 죽음의 문턱까지 갔던 경험을 여러 번 했다. 그래도 엄마가 돌아가신다는 건 여전히 믿을 수가 없었고 현실로 다가올 것 같지도 않았다. 혹시 마취가 가능한 다른 병원으로 옮겨서 수술을 할 수도 있지 않겠냐는 내 말에 안양 언니와 오빠는 병원을 옮겨서 마취가 가능한 곳에 가더라도 엄마에게 수술은 무리수다, 게다가 쇠약할 대로 쇠약해지신 엄마를 지금 상태로는 어디로도 옮길 수 없다는 입장이었다. 하지만 언니와 오빠도 마음 한편으로는 수술의 성공 가능성을 완전히 떨쳐내지 못 했는지 광주 형부처럼 확신에 찬 반대는 아니었고 목소리에 힘도 없었다. 나 역시 혹시라도 엄마가 인공호흡기를 떼지 못하고 중환자실에서 계속 인공호흡기에 기대어 연명할 경우, 그 상황은 엄마도 우리들도 모두 감당하지 못할 것 같아서 엄마의 수술을 강하게 주장할 엄두가 나지 않았다.*

그 상황은 수술을 반대하든 찬성하든 자식들 누구도 원치 않기 때문에 나는 엄마의 온갖 병원 진료와 약 처방 내역을 잘 알고 있는 언니와 오빠의 의견을 따르는 게 좋을 것 같았다. 어쨌든 엄마는 기저귀를 갈기 위해 몸을 움직일 때 외에는 그다지 큰 통증을 호소하지 않았다.

밤에 깊은 잠을 자고 식사도 잘 하게 된 엄마는 통증에 시달리는 환자로 보기 힘들 만큼 안색도 좋아졌다. 섬망과 식탐도 사라지면서 불

* 이때 나는 연명 치료에 대해서는 반대하지만 혹시라도 '우리 엄마'가 원치 않는 연명 치료의 길로 들어설 수 있다는 가능성과는 별개의 것으로 생각했던 것 같다. 하지만 엄마의 고관절 골절을 계기로 연명 치료를 원하느냐, 그렇지 않느냐의 문제는 더 이상 별개의 문제가 아니라 엄마의 병세와 남은 수명 기간을 현실적으로 따져 보면서 결정해야 할, 결코 가볍지 않은 선택임을 알게 되었다.

환자 본인도 그렇고, 환자의 가족들도 조만간 맞닥뜨리게 될 죽음을 잘 실감하지 못하다 보니 한번 연명 치료를 시작하면 환자 본인과 가족이 도중에 중단하기를 희망해도 어렵다는 사실을 간과하기 쉽다. 종말기 환자에 대한 무지(병이나 노쇠의 종말기에 긴급하게 입원을 해야 할지 말지, 더 이상 입으로 먹지 못하게 되었을 때 위루 영양 등 인공영양을 해야 할지 말지, 호흡이 힘든 경우 인공호흡기를 언제까지 사용할 것인지 등) 때문에 많은 사람들은 인생의 소중한 마지막 순간을 의료진의 선택에 맡기는 경우가 많다고 한다. 일종의 '죽음의 외주화'인데, 막상 이런 경우를 당했을 때 의료진은 가장 소중한 사람의 죽음에 대해 지금까지 아무 생각도 하지 않은 가족들이 오히려 당황스럽게 느껴진다고 한다(나가오 카즈히로, 유은정 옮김, 『평온한 죽음』, 한문화, 2013, 70쪽.).

자신이 종말기를 맞았을 때 연명 치료 실시 여부 등 어떻게 종말을 맞고 싶은지 가족, 의료진과 잘 의논해서 '사전 연명 의료 지향서'를 써 놓는 것이 무엇보다 필요하다고 의료진들은 입을 모은다. 우리 가족들은 엄마 정신이 온전할 때 엄마의 연명 치료 여부에 관해서 깊은 논의를 하지 못했지만 암묵적으로는 거부에 합의를 했다. 하지만 막상 부딪칠 때는 상황에 따른 여러 고려 사항이 뒤따랐다. 그나마 합의가 가능했던 것은 엄마가 아흔이 넘은 고령자라는 점, 오래된 장기 부전(심부전)환자였다는 점 때문이었다. 그러나 '치료'와 '연명' 사이에 선을 긋는 것은 어려운 결정이었다. 그래서 평소에 많은 생각과 고민이 반드시 필요하다.

안 증세가 없어진 탓인지 사물을 보는 집중력도 생겨나기 시작한 것 같았다. 점심 식사를 마치고 나면 엄마는 그림이 크게 그려진 그림책을 소일 삼아 들여다보다(어떤 때는 그림책을 거꾸로 들여다볼 때도 있다. 엄마는 그림을 보기보다는 색에 집중해서 살펴보는 듯했다.) 옆에서 그림책을 읽어 주면 나를 쳐다보며 아주 환하게 웃곤 했다. 그럴 때면 세파에 찌든 구순 노파의 모습은 온데간데없이 사라지고 예쁜 천사가 침대에 앉아있는 듯했다. 그런 천사의 볼에 뽀뽀하지 않고는 배길 수가 없다. 쪽!! 엄마는 갑작스런 나의 뽀뽀에 놀라움 반, 기쁨 반이 묻어나는 환한 웃음으로 답을 한다. 이런 예쁜 천사가 우리 곁에 있다니 이 무슨 횡재인가…….

하지만 역시 배변이 문제였다. 많이 드는 대신 움직이질 못하다 보니 며칠째 변을 보지 못했다. 우리는 병원에서 나오는 시럽용 변비 치료약과 요구르트 등으로 어떻게든 해결해 보려고 했지만 토끼 똥처럼 작고 마른 덩어리만 몇 개 내비칠 뿐 시원스런 변을 보지 못했다. 참다 못한 언니가 엄마에게 관장을 시키고 간호조무사와 함께 엄마를 화장실 변기에 앉힌 다음 똥이 가득 차있는 엄마 배를 계속 주물렀다. 언니가 힘껏 주무르면서 엄마의 뱃속에 있는 똥을 밀어내자 엄마는 팔뚝만한 똥을 내놓았다. 놀라운 언니!

엄마의 팔뚝만한 똥은 황금빛이 도는 아주 싱싱하고 찰진(?) 것이었다. 언니의 헌신적인 노고로 엄마는 고관절 골절 이후, 일주일 만에 거사를 치르고 몸이 가벼워졌는지 한결 기분이 좋아져서 침대로 옮길 때도 얼굴 한 번 찡그리지 않았다. 그러나 앞으로 엄마가 변을 보기 위해서는 어떤 일들을 해야 하는지 우리들은 걱정이 한두 가지가 아니었다. 먼저 화장실로 옮기든, 그렇지 않든 엄마의 용변 처리를 위해서는 한 사람만으로는 감당이 어렵다는 점, 지금처럼 엄마가 앉아서 기저귀에 변을 본다 해도 기저귀를 갈 때마다 엄마의 다리 통증이 너무 크고, 또 깨끗이 닦아내기도 마땅찮아서 누군가가 침대 위로 올라가서 엄마를 일으켜 붙들고 있어야만 나머지 한 사람이 엄마의 용변처리를 깨끗이 할 수 있다는 점 등이 문제였다. 다행히 병원에 있을 때는 간호조무사의 도움을 받거나 급한 대로 옆에 있는 간병인의 도움을 받을 수 있겠지만 퇴원을 하면 어떻게 해야 할지 걱정이 됐다. 더구나 앉아만 있어 꼬리뼈 근처가 짓무른 바람에 조만간 욕창으로 번지지 않을까 걱정이 되었다. 아쉬운 대로 치질용 방석을 사다가 엄마의 엉덩이가 바닥에 닿지 않게끔 조치를 취하고, 엄마의 체위를 수시로 바꿔 욕창 방지용 연고를 발랐다. 그러나 욕창은 한번 생기면 잘 낫지도 않고 걷잡을 수 없이 번진다는 욕창 전문 피부과 의사의 말에 겁이 나기도 했다. 게

다가 욕창 환자는 한두 시간 간격으로 체위를 바꿔 가면서 관리를 해야 하기 때문에 집에서는 관리가 힘들고 요양 병원으로 모셔야 한다는 주위 사람들의 충고로 마음은 어둡기만 했다.

우리는 지난번과는 또 다른 차원에서 엄마의 요양 병원 입원을 고민해야 했다. 아무리 생각해도 코로나 때문에 면회도 되지 않는 요양 병원에 엄마를 맡길 수 없다는 결론을 내렸다. 문제가 생기더라도 지금의 시스템(병원과 근처의 엄마 아파트) 속에서 어떤 식으로든 해결할 방법을 찾아야 한다고 결정했다.

엄마의 고관절 골절에도 별다른 손을 쓸 수가 없는 상황에 처한 우리 형제들은 그저 안타까운 마음으로 엄마의 상태를 지켜볼 수밖에 없었다. 실면 상태에서 소리 지르던 밤중의 섬망 상태는 온데간데없이 사라지고 엄마는 통증을 느낄 때만 가느다랗게 신음 소리를 냈다. 당신 곁에 있는 자식들을 확인하고는 이내 다시 눈을 감고 아이처럼 평온하게 자곤 했다.

엄마에게 어떻게 해 드리는 것이 나은 것인지 몰라서 우왕좌왕하는 못난 자식들인데도 기꺼이 자신의 몸을 의탁하고 자식들이 하자는 대로 흔쾌히 따르는 엄마가 안쓰러울 때마다 나는 엄마를 안고 한참을 토닥여 드렸다. 우리 착한둥이, 순둥이……. 그렇게 안은 엄마의 등은 한없이 작고 애처롭게 다가왔다. 이렇게 작고 연약한 분이 어떻게 그토록 강인하게 살아올 수 있었단 말인가…….

우주의 진흙, 엄마의 똥
(2020년 7월 30일~2020년 8월 17일)

언니 덕분에 팔뚝만한 똥을 누었던 엄마는 제법 규칙적으로 변을 보게 됐다. 똥 누는 일도 일종의 심인성(?)인지 엄마는 언니와 내가 함께 있는 시간에 주로 배변 신호를 보냈다. 엄마와 언니, 나는 셋이서 손발을 맞춰가면서 엄마의 배변과 용변 처리를 해 나갔다. 엄마는 마치 똥 마려울 때 취하는 어린 아이 표정과 자세로 신호를 보냈다. 그런 엄마의 낌새를 예민하게 포착한 언니는 엄마 용변 처리에 필요한 여러 용품들(기저귀, 물티슈, 따뜻한 타올, 욕창 방지 연고)을 챙겨 침대 위로 올라갔다. 언니가 침대 위로 올라가 엄마를 일으켜 붙들고 있는 동안 엄마의 기저귀에 묻은 똥의 상태를 확인하고, 따뜻한 타올로 항문과 엉덩이를 닦고 연고를 바른 후 기저귀를 다시 채우는 것은 내 몫이었다.

그러고 나서 엄마를 다시 눕히고 체위를 바꾸면, 엄마의 용변 처리 삼위일체 작업은 일단 마무리된다.

식사를 잘해 엄마는 황금색이 도는 단단하면서도 찰진 똥을 누었다. 그래서인지 냄새도 거의 나지 않았다. 요양 병원과 요양원을 전전할 때, 간병인과 요양 보호사들이 엄마의 용변 처리를 하는 동안 간간이 지켜보았던 거무스레한 묽은 변과는 차원이 달랐다. 엄마의 변을 치울 때마다 엄마의 똥을 마치 금이야 옥이야 다루듯 대하는 나의 모습이 낯설었다. 스스럼없이 엄마의 똥을 치우다보면 세상에 무서울 것이 없고 세상에 못할 일은 없겠다는 안도감도 들었다. 더구나 엄마 똥은 보통 똥이 아니었다. 엄마의 건강 상태를 그대로 보여주는 척도였다. 엄마 변의 굵기, 색깔, 점착 정도 등을 살피다 보면 이미 엄마의 똥은 배설물이 아니라 우리에게 뭔가 신호를 보내는 바로미터처럼 여겨졌다. 나는 변기통에 엄마의 똥을 털어 넣을 때마다 귀중한 것을 쏟아 버린 것 마냥 아까운 생각이 들기도 했다. 똥과 오줌은 노인을 비하하면서도 동시에 편안하게 하고, 공포를 웃음으로 바꾸는 유쾌한 물질이라며 똥은 곧 '우주의 진흙'이라던 바흐친의 말이 괜한 소리는 아니었다. 나는 엄마의 똥에 대해 묘한 친밀함을 느꼈다.

엄마가 수면 치료를 위해 입원했다가 고관절이 골절된 지도 삼 주가 넘었다. 심장내과에서도, 정형외과에서도, 정신 의학과에서도 별다른 처치를 해 줄 수 없는 상태가 되자 병원에서는 엄마의 퇴원 얘기를 또 꺼내기 시작했다. 당연히 요양 병원으로 모실 줄 알았던 의사와 수련의들은 그냥 집으로 모시겠다는 우리들 말에 조금은 걱정스럽다는 반응을 보였다. 우리는 식사도 잘하고, 변도 정상적이고, 잠도 잘 자는 엄마를 집으로 모시는 것이 더 안전하다는 판단이 들었다. 장기 요양 보험 공단 소속 간호사와 의사의 도움을 받을 수 있는 지역 의료 시스템을 활용하고 여차하면 상급 병원인 을지 병원으로 신속히 모셔올 수 있어서 면회도 안 되는 요양 병원으로 모시는 것보다 훨씬 더 안전하다는 계산이 섰기 때문이다.

그러나 가장 큰 문제가 되는 것은 역시 엄마의 용변 처리였다. 엄마의 요도로 들어가 방광에 뿌리를 내린 소변 줄과 소변 팩 덕택에 소변 걱정은 하지 않아도 됐다(이 소변 줄은 집에서도 사용이 가능하며 문제가 있을 경우 방문 간호사의 도움을 받을 수 있다. 물론 아침마다 엄마의 소변 줄이 꽂힌 요도 입구 부위를 소독해야 한다. 엄마는 다리를 움직이지 못해 그 부위가 짓물러 있어서 소독을 하고 거즈로 받쳐야만 했다. 그럴 때마다 엄마는 쓰라림을 호소했다. 그 자리를 호호 불어드리면 이내 호소를 멈추곤 했다.). 그러나 엄마가 한 번씩 대변을 볼 때마다 두 사람 이상이 달라붙어야

겨우겨우 처리할 수 있는데 퇴원해서도 계속 이어간다는 건 좀 심각한 문제였다. 게다가 조만간 여름 방학을 마치고 2학기 개강을 앞두고 있는 나로서는 방학 때처럼 엄마에게 전적으로 시간을 낼 수 있을지도 미지수였다.

　궁하면 통한다고 했던가……. 예전에 티브이TV에서 변기 침대 광고를 봤던 기억이 떠올라 인터넷 검색을 시작했다. 가장 많이 검색된 변기 침대는 스마트 ○○○ 침대와 반자동 △△△ 침대였다. 스마트 ○○○침대는 그야말로 버튼만 누르면 작동이 돼서 간편해 보였다. 그러나 예순다섯 개나 되는 버튼 중 하나만 고장 나도 다른 기능까지 사용하기 힘들고, 늘 청결하게 닦아줘야 악취나 오염을 방지할 수 있어 오히려 더 번거롭게 보였다. 무엇보다 가격이 너무 비싼 데다 복지 용구로 이용할 수 없다는 점이 문제였다. 반면 반자동 △△△ 침대는 반자동으로 사용한다는 점이 손이 많이 가는 것처럼 보였다. 그러나 다 쓸 수도 없는 수많은 기능들로 고장이 잦은 스마트 ○○○ 침대보다는 필요한 기능 몇 가지만으로도 충분하게 사용할 수 있다는 점, 샤워 부스를 설치해서 머리 감는 것과 목욕도 가능하다는 점, 무엇보다 복지 용구로 대여가 가능해서 비용이 저렴하다는 점이 마음에 들어 계약을 결정했다.

계약서를 쓰기 전에 체험관에 들러서 직접 체험을 해 보라는 반자동 △△△ 침대 대표의 권유에 따라 본사를 방문했다. 뇌졸중으로 쓰러진 자신의 노모 때문에 변기 침대를 개발하게 됐다는 개인사로부터 와상 생활을 하게 된 노인 환자들이 어떻게 하면 기저귀를 차지 않고 변을 볼 수 있을지, 기저귀에 변을 보게 하는 것이 노인들의 존엄성을 얼마나 훼손하는 것인지에 대한 대표의 기나긴 설명을 듣게 됐다. 기저귀 착용을 진저리 치며 싫어했던 엄마에게 언제부턴가 당연한 듯 기저귀를 채웠던 나는 노인들의 존엄성을 생각해서 몇 년째 적자를 감수하면서까지 연구를 거듭하고 있다는 대표를 보며 신선한 충격을 받았다. 삼십여 년 동안 무역업에만 종사했는데 오로지 노모가 기저귀에 변을 보게 되면서 겪었을 인간적 수치심을 용납하기 힘들어 변기 침대를 만들었다고 한다. 문제가 있다고 해서 누구나 다 해결 의지가 있는 것은 아닌데, 세상은 어쩌면 이런 사람들 덕분에 돌아가는 건 아닐까 하는 생각도 들었다.

그런 생각을 하고 나서 보니 스마트 ○○○ 침대는 어쩐지 머리로만 고안해 낸 기술로 보였다. 반면 반자동 △△△ 침대는 어머니를 직접 모셔본 자만이 고안해 낼 수 있는 기술로 보였다. 기계와 수작업이 적절하게 배합된 기술, 그야말로 칠팔십 년대에 한참 회자됐던 '적정 기술'의 결정체라고나 할까……. 부모님 변을 손대지 않고 코 푸는 식으로 쉽게 처리하고자 하는 사람에게는 다소 불편할 수 있을 것이다. 내게는 엄마가 처한 악조건 속에서 기저귀를 차지 않고 대변을 처리할 수 있는 최적의 기술로 다가왔다. 침대 매트리스에 부착된 변기 뚜껑을 열고 변을 보게 한 뒤, 연결된 수도관 호스를 통해 엄마의 엉덩이와 항문, 그리고 변기 전체를 씻어, 그 물이 비닐 통로를 통해 침대 밑의 물받이 통으로 내려가게 하는 구조였다. 평소에도 자주 변기 뚜껑을 열어서 엄마를 앉히면 공기가 통하면서 꼬리뼈 주위의 욕창도 방지할 수 있을 것 같아 더욱 더 호감이 갔다.

샤워 부스를 이용하는 머리 감기와 목욕 기능은 일반용으로 판매되는 침대에만 한정될 뿐 복지 용구로 신청을 하면 그 기능이 없다는 말에 약간 아쉬웠다. 이런 침대라면 요양원이나 요양 병원에서도 아주 요긴하게 쓰일 것 같다고 나는 찬사를 잊지 않았다. 대표는 쓴 웃음을 지으며 그러면 좋겠지만 현실은 전혀 그렇지 않다고 한탄을 했다. 요양원이나 시설에서 간병인이나 요양 보호사들은 변기 침대를 사용하느니 차라리 기저귀를 채우는 게 훨씬 힘이 덜 들고 간편하다는 이유로 사용을 반대하고 있으며, 시설 경영진들은 저임금의 간병인이나 요양 보호사들이 꺼리는 작업을 권할 수도 없어서 신청하지 않는다고 했다.

돈과 서로의 이해 관계 속에서 온당한 자리를 찾지 못하고 있는 것이 와상 노인들의 배변을 둘러싼 '존엄성'이었다. 그 '존엄성'이 실현되기 위해서는 또 얼마나 지난한 과정을 겪어야 할지 착잡했다. 그나마 "인간의 오줌은 몸과 바다 사이에 있는 무엇이며, 똥은 몸과 땅 사이에 있는 무엇"이라며 똥을 '우주의 진흙'으로 보았던 바흐친의 상상력 덕분에 위로를 받을 수 있었다.

엄마의 울음
(2020년 8월 17일~2020년 9월 8일)

8월 17일 엄마가 퇴원하는 날에 맞춰서 변기 침대를 설치했다. 첫날부터 익숙지 않은 침대 사용 문제로 형제들 간에 사소한 언쟁이 오갔다. 퇴원 당시 두고 온 물품을 챙기러 잠깐 병원에 간 사이, 엄마가 변을 본다는 바람에 자세한 사용법을 몰랐던 형제들 사이에서 한바탕 난리가 난 것이었다. 성질 급한 남편은 기기들이 제대로 작동되지 않는 것에 대해 나에게 책임을 추궁하기 바빴다. 오빠는 비싼 설치비 대신 차라리 간병인을 고용하는 게 나을 뻔 했다며 앞으로 침대를 사용할 수나 있을지 걱정했다. 그 와중에 언니는 어떻게 하면 사용법을 엄마에게 맞출 수 있을지 이것저것을 뜯어보고 맞춰 보고 있었다. 그러고는 대뜸 처음이니까 몇 번 더 사용하다 보면 차츰 익숙해질 테니 암말 말고 사용법이나 궁리해 보자며 사태를 종결시켰다.

언니 말대로 한두 번 변기 침대를 사용하다 보니 불편한 부분은 궁리해 나름대로 보완하게 되었다. 엄마와 우리들은 변기 침대에 익숙해지면서 평화를 맞이했다. 밤이면 이따금 통증으로 신음 소리를 내기도 했지만, 병원에서 처방받은 진통제와 수면제 덕분인지 엄마는 그리 힘들어 하지 않았다. 이제는 그야말로 꼼짝없이 침대에서만 생활해야 했지만 예전에는 보기 힘들었던 평온한 모습으로 엄마는 하루하루를 보냈다. 여전히 식사 시간이면 즐거운 얼굴이었고 티브이TV 시청과 그림책을 즐겨 보며 하루를 보냈다. 우리들도 덩달아 엄마 옆에서 평화로운 시간을 보낼 수 있었다. 간간이 통증이 찾아올 때면 심장 상태도 좋지 않은지 안색이 창백해지고 식은땀도 조금씩 흘렸다. 그럴 때마다 다가가서 걱정을 하는 우리들에게 엄마는 괜찮다, 걱정마라 하며 우리들을 안심시켰다.

지금 생각해보면 이 시기가 엄마가 치매 판정을 받은 후 엄마와 보낸 가장 평화로운 시간이 아니었나 싶다. 엄마와 있을 때면 늘 뭔가를 해야 되는 시간에 엄마에게 묶여 있다는 생각이 컸다. 그런데 이즈음에는 엄마의 그 평온한 시간에 나도 그만 동화된 듯했다. 평온하고 느린 엄마의 시간이 전혀 조급하게 다가오지 않았다. 그런 만큼 엄마의 간병에도 전념할 수 있었고 엄마의 일거수일투족에 다 응답할 수 있었다. 온전히 엄마의 시간에 나를 맞추며 지냈는데도 돌아서면 금방 아쉬워지는 그런 시간이었다.

치매 말기에다 오래된 심부전 환자인 엄마가 낙상에서 고관절 골절로 이어지는 일련의 사태 끝에 침대에서 움직이지 못하는 신세가 되고, 음식을 삼킬 수 없게 되어 질식과 폐렴 등의 증상으로 결국은 죽음을 맞이할 수밖에 없다는 것을 알고 있었지만, 그때가 언제일지는 알 수 없었다. 우리들은 그저 하루하루 엄마의 양태를 일지에 적으며 안도했다. 더러 급하게 식사를 할 때 약간 질식 상태가 오기는 했지만 금방 가라앉았다. 가끔씩 심장의 고통을 호소하기는 해도 그리 오래지 않아 다시 잠잠해지곤 해서 큰 걱정은 하지 않고 지냈다. 그러던 중 9월 4일 새벽 엄마가 소변 줄을 뽑는 사고가 났다. 엄마가 소변 줄을 뺄 수도 있으리라 경계는 했지만 한 달 넘게 별 탈 없이 소변 줄을 차고 있던 터라 잠시 방심했던 차였다.

엄마의 짧은 비명 소리에 놀라 불을 켜니 엄마는 소변 줄을 뽑은 상태에서 통증 때문에 온통 얼굴이 일그러져 있었다. 병원에서 퇴원할 때, 엄마가 소변 줄을 뽑을 수도 있으니 그럴 때면 지역 방문 간호사에게 연락해서 교체하면 된다는 간호사의 말이 기억났다. 나는 날이 밝기를 기다려 지역 방문 간호사에게 연락을 했다. 생각보다 일찍 달려 온 간호사는 엄마의 소변 줄을 다시 끼워 드렸다. 열이 좀 났던 엄마는 간호사의 처치를 받고 아침 식사도 정상적으로 잘했다. 하지만 새벽부터 주무시지 못한 탓인지 오전 시간에 즐겨 보던 이비에스^{EBS} 요리 프로그램도 못 보고 깊은 잠에 빠졌다. 잠에서 깨어난 엄마는 여느 때와 다름없이 식사와 간식을 잘 드셨다. 그러나 소변 줄 교체로 엄마의 눈빛이 예전과 달리 무척 깊어 보였다. 엄마가 더 힘든 상태에 빠진 건 아닐까 걱정되었다.

걱정과 달리 식사도 정상적으로 잘하고 변도 그만하면 되겠다 싶어서 한시름 놓았다. 그리고 개학을 했다. 다행히 코로나 덕분에 원격 수업을 하게 돼 예전과 똑같이 시간을 내서 엄마와 지낼 수 있게 되었다. 하루 세끼 꼬박꼬박 더운밥에 국을 챙기기가 쉽지 않았다. 그러나 이상하게 힘들다는 생각이 들지 않았다. 밥상을 받아 들고 두 손을 모은 채 "고맙습니다. 고맙습니다."를 연발하는 엄마의 모습을 보는 순간, 내 마음도 환해져 그 순간을 놓치기 싫었다.

이런 내 마음과는 달리 엄마는 우리가 알지 못한 또 다른 세계와 접속을 하고 있었는지 하루는 새벽녘에 서럽게 울고 있었다. 녹화 수업을 마치고 겨우 잠자리에 들었던 나는 놀라 잠을 깼다. 치매 환자라 생각하기 어려울 만큼 너무나도 선명하고 또렷한 울음소리였다. 오열도 아니고, 그렇다고 분노나 원망에 찬 울음도 아니고, 예전의 섬망 상태에서 보였던 거짓 울음도 아니었다. 누군가와 이별할 때의 서러움이 묻어나는 슬픈 울음 소리였다.

나는 어둠 속에서 혼자 서럽게 울고 있는 엄마를 안고 한참을 토닥였다. 무슨 조화였는지 그 순간, 장손 조카의 결혼식 때 자신이 예전에 손수 지었던 한복을 입고 찍은 엄마의 사진이 떠올랐다. 그때만 해도 당신의 치매 증상을 어느 정도 인지하고 있었던 때라 사진 속 엄마의 얼굴은 웃고 있었지만, 결코 웃을 수 없는 당신의 상태를 알리는 듯 웃음과 울음이 묘하게 섞여 있는 표정이었다. 그 사진을 볼 때마다 나는 자식들 손 안에서 한 마리 불쌍한 새처럼 숨을 거둘 엄마의 모습을 한동안 떠올리곤 했다. 어둠 속에서 울고 있는 엄마를 안아서 달래는 순간 그 사진이 떠올랐던 것이다.

한참을 울던 엄마는 울음 끝에 얕은 숨을 내쉬며 흐느끼다가 다시 잠에 빠졌다. 아침에 깬 엄마는 그렇게 좋아하던 식사를 여느 때와 달리 반밖에 하지 않았다. 식사 대신 좋아하는 바나나와 요구르트, 복숭아 통조림 등 간식을 드려도 역시 입에도 대지 않았다. 아무래도 걱정이 된 나는 지역 의료 보험 공단에 가서 지역 의사의 진료를 신청할 요량으로 돌봄 교체를 하러 올 언니를 기다렸다.

여전히 식사를 잘하고 있는 걸로 알고 있던 언니는 엄마에게 드릴 온갖 식료품을 한 보따리 사 들고 나타났다. 나는 언니에게 지역 방문 의사 진료를 신청하면 내일 중으로 의사가 방문할 것이고, 엄마는 식사 대신 죽으로 드리는 게 좋을 것 같다고 일러 주었다. 그리고 나가는 길에 엄마에게 작별 인사를 했다. 일부러 과장된 손짓으로 엄마에게 손 인사를 했더니 엄마는 어이없다는 듯 겨우 웃었다. "에고, 올 엄마, 그래도 웃을 힘은 있나 보네……." 하는 언니의 말을 뒤로 하고, 나는 노원구 의료 보험 공단 쪽으로 부지런히 발걸음을 옮겼다.

9월 8일 오후 2시 경이었다. 어설프게 힘없이 웃었던 엄마의 얼굴이 내가 본 살아생전 마지막 모습이었다.

마지막 만찬 후, 숨을 거두다

(2020년 9월 9일~2020년 9월 10일 새벽 2시 15분)

의료 보험 공단에 가서 지역 방문 간호사와 의사의 왕진을 신청하고 나는 수원 집으로 돌아와 또 녹화 수업을 준비해야 했다. 간간이 전화 통화로 언니에게 확인한 엄마의 상태는 여전히 식사를 못 할 뿐 별다른 문제는 없어 보였다. 식사를 못 해 기력이 없는지 누워만 있다는 수화기 너머의 걱정 섞인 언니의 말이 걸렸다. 공단에 진료 신청을 했으니 내일 오전 중으로 왕진이 가능하다는 공단 측의 입장을 언니에게 전달했다. 만약에 무슨 일이 있거나 징조가 있으면 바로 알리라는 부탁을 했다. 될 수 있으면 남에게 피해 주는 소리를 하지 않는 언니의 성격도 성격이지만 이즈음 우리 형제들은 돌봄 당번이 아닐 때는 나머지 형제들이 최대한 신경 쓰지 않고 쉴 수 있도록 엄마 때문에 연락하는 것은 자제하고 있었다. 그런데 혹시라도 언니가 상황을 모두 끌어안고 연락하지 않을까 걱정됐다.

다음 날 9월 9일 새벽이 밝아 왔다. 2학기 개강에다 새로운 과목까지 맡게 된 탓에 수업 준비가 만만치 않았다. 수업 준비는 갈 길이 멀어 보였다. 엄마는 밤새 무사했는지 걱정돼 건 전화에 언니는 엄마가 밤새 한숨도 자지 못하고 열이 높았다고 했다. 언니 역시 한숨을 못 자고 엄마에게 냉찜질을 하면서 해열제를 드렸더니, 새벽부터 열이 좀 내리면서 체온이 다시 정상으로 돌아왔다고 했다.

119를 불러서 엄마를 병원에 모시고 가지 않아도 될까 물었다.* 그

* 종말기나 임종기 환자의 경우, 구급차를 부를 때는 구급 치료 후 이어질 연명 치료의 현실에 대해서도 반드시 생각을 해야 한다고 한다. 한번 연명 치료를 시작하면 본인과 가족이 도중에 중단하기를 희망해도 받아들여지기 어렵다는 현실을 제대로 알고 구급차 부르는 의미를 신중하게 생각해야 한다는 것이다(나가오 카즈히로, 유은정 옮김, 『평온한 죽음』, 한문화, 2013, 37쪽.).

김현아 교수는 임종 치료는 연명 치료와 완화 치료 두 갈래가 있는데, 연명 치료의 경우 죽음의 각 단계에서 나타나는 증상들을 모두 치료해야 하는 질환으로 보는 반면, 완화 치료는 모든 증상을 죽음에 이르는 하나의 과정으로 보고, 그 과정에서 환자가 통증이나 정신적 스트레스로 고통 받는 것을 최소화하는 치료라고 설명한다. 그러나 의료 기술의 발달로 수액 요법과 투석, 인공호흡기 착용, 심장이 멈춘 환자조차 '에크모' 처치를 받아 의료진들마저 무엇이 삶인지 죽음인지 분간을 못할 혼란상이 오늘날 임종 문화의 현주소라고 언급한다. 이런 상황 속에서 집에서의 자연사는 때로 안락사 내지는 살인 혐의를 받기도 한다면서 자연스런 죽음이 이제는 의료의 실패로만 여겨지고 있다고 주장한다(김현아, 『죽음을 배우는 시간』, 창비, 2020, 99~100쪽.).

러나 구급차를 불러서 엄마를 병원으로 모시고 가려면 응급실을 거쳐야 하는데, 코로나 때문에 가족들과 만날 수 없이 격리된 응급실에서 엄마가 어찌될지 알 수나 있겠느냐, 응급실로 가면 응급 환자에게 적용되는 온갖 검사와 치료를 받아야 하는데, 엄마가 저 상태에서 검사나 치료를 감당하실 수 있겠느냐, 지난번 연명 치료 거부서를 썼을 때처럼 연명 치료를 하지 않는다면 병원에서 특별히 치료해 줄 수 있는 것은 없을 테고, 그러면 또 집으로 돌아가라고 할 텐데, 그럴 바에야 조금 있으면 공단 소속 간호사와 의사가 올 테니, 의견을 들어보고 결정하는 것이 좋지 않겠느냐는 언니의 일리 있는 대답이 돌아왔다. 그래도 엄마가 식사를 전혀 못하니 걱정이라는 내 말에 언니는 의료진들이 방문하면 수액이라도 신청할 것이니 너무 걱정하지 말라고 했다.

9월 9일 이날은 내 결혼기념일이기도 했다. 그동안 엄마 때문에 덩달아 고생한 남편을 위해 식사라도 함께 하려고 했지만, 엄마 상황이 예사롭지 않게 여겨졌고 여전히 수업 준비를 다 끝내지 못한 탓에 나와 남편은 포기해야만 했다. 남편은 엄마 돌봄 당번인 나를 대신해서 자기가 엄마에게 가보겠다고 했다. 수업 준비로 쫓기고 있는 나에게 일이 끝나면 한숨 잔 뒤 내일 아침 일찍 오라며 남편은 장모에게 달려

갔다.

다행히 방문 간호사가 링거를 설치하고 엄마에게 수액을 투여하는 중이라는 언니의 연락이 왔다. 지역 의사는 대학원 수업과 겹쳐서 오지 못했지만, 내일 오전에 방문하겠다는 연락을 받았으니 걱정 말고 네 일이나 잘 마치라는 언니의 말에 나는 한시름 놓고 수업 준비에 전념할 수 있었다. 오늘은 엄마가 식사를 하지 못해도 일단 수액으로나마 버틸 수 있을 것이며,* 내일 오전이면 의사와 상담 한 뒤, 또 그에 맞는 조치를 취하면 될 것 같아서 마음이 놓였다.

그런데 이상한 조짐은 다른 곳에서 감지됐다. 시댁 어르신들 건강이 좋지 않은 탓에 한 달 넘게 엄마를 보지 못하고 지냈던 광주 언니와

---

* 임종기에 들어선 노인 환자가 식사를 못할 때 노인 전문 의사들 사이에서는 "먹지 못해서 죽는 것이 아니라 죽을 때가 돼서 먹지 못하는 것이다."라는 말이 일반적으로 쓰이는 것 같다. 이 말은 아마도 임종기의 환자에게는 적극적인 치료가 오히려 죽음의 질을 떨어뜨린다는 맥락에서 나온 것 같은데(최현석, 앞의 책, 309쪽.), 말기 치매 환자의 경우 인공 영양이나 수액 공급이 오히려 고통과 통증을 유발할 수 있다고 한다. 임종 환자는 배고픔을 거의 느끼지 못하며, 탈수는 서서히 혼수 상태로 빠지게 하여 더 편안하게 죽음에 이르게 도와준다는 입장 대부분이 임종을 앞둔 노인 환자를 대하는 의사들의 의견이었다(김현아, 나가오 카즈히로, 이시토비 고조 등). 이런 상식을 모르는 경우 먹지 못하는 부모의 입에 뭐라도 한술 더 떠 드리고 싶고, 수액이라도 맞춰 드리고 싶은 것이 자식들의 인지상정일 것이다. 엄마의 임종기를 인지 못한 나 역시 마찬가지였다.

형부에게 오랜만에 전화가 온 것이다. 그날의 엄마 돌봄 당번이 나인 줄 알았던 언니는 지금 막 광주에서 출발을 하려고 한다며 엄마의 건강 상태를 물었다. 나는 광주의 사돈 어르신들 병세도 걱정돼서 지금 올 필요는 없다고 말렸다. 그러나 아무래도 오늘 가서 엄마를 보지 않으면 다음 주부터는 맏며느리인 자신이 추석 상차림 준비를 해야 하기 때문에 시간을 내기 어려울 것 같다며, 오늘 가서 엄마를 보고 와야 마음이 홀가분하겠다는 말끝에 기어이 올라오겠다고 했다. 언니와 형부가 오겠다고 한 바람에 나는 최대한 일을 빨리 마치고 늦게나마 엄마 집으로 가보는 것이 도리겠다 싶어서 수업 준비에 박차를 가했다.

광주 언니에게서 전화가 온 후, 한 시간이 채 안 돼 이번에는 미국 언니가 전화를 했다. 미국 언니 역시 가족 단톡방에서 연락이 한동안 뜸해서 궁금하던 차이기도 했다. 멕시코에 사는 둘째딸 부부가 코로나 때문에 손자들을 데리고 집에 와 있는 바람에 연락할 여유가 없었다며 엄마는 좀 어떠냐고 물었다. 나는 엄마의 상황을 대충 설명해 주고, 자세한 내용은 안양 언니가 지금 엄마 옆에 있으니 그쪽으로 전화를 해 보라고 안내를 했다. 오랫동안 연락이 뜸했던 언니들에게 한꺼번에 연락을 받고 나니 나는 순간 기분이 좀 이상했다. 그럴 수 있는 우연이었지만 뭐라 말로 표현하기 어려운 느낌이 스치고 지나갔다.* 하지만 남편이 곧바로 보내 준 엄마의 사진을 보니 당장 달려가지 않아도 될 것 같았다. 열이 정상적으로 돌아와 엄마는 수액을 맞고 그런대로 편안하게 누워 있는 듯 보였기 때문이다.

오후 늦게 광주 형부와 언니가 엄마 집에 도착한 모양이었다. 오랜만에 둘째 언니네 부부를 보러 안양 언니네 부부, 오빠, 그리고 남편까지 다 모였는지 남편이 올린 사진에는 엄마 침대 주위에 온 가족이 모여 있었다. 단톡방에서는 나만 빠져서 서운하다는 나의 톡에 오늘 밤은 광주 언니네 부부가 엄마 간병 당번을 한다고 했으니 막내는 오지 말고 내일 아침에 오라는 톡이 이어졌다. 링거 주사를 꽂고 누워 있는 침대 위의 엄마를 배경 삼아 푸짐한 저녁상을 차리고서 오랜만에 만나

★ 엄마의 임박한 죽음 전에 광주 언니와 형부가 올라오고, 한동안 뜸했던 미국 언니의 안부 전화 이야기는 지금까지도 우리 형제들 사이에서 엄마의 죽음을 둘러싼 신비한 이야깃거리로 남아 있다.

가끔씩 죽어 가는 사람이 자신의 사망 기간을 조절할 수 있는 것처럼 보일 때가 있다. 예를 들어 죽어 가던 아버지가 정신이 흐릿해지기 전에 아들이, 그것도 외국에서 오고 있다는 소식을 듣고는 놀랍게 상태가 호전되었고, 밤새 비행기를 타고 도착한 아들을 보고는 그제야 숨을 거두었다는 얘기 등이 바로 그것이다. 노인들의 죽음을 가까이서 경험한 의사들은 마지막 순간까지도 죽음은 예측 불가능한 현상이라 말한다(롤란트 슐츠, 노선정 옮김, 『죽음의 에티켓』, 스노우폭스북스, 2019, 83쪽.).

나는 엄마가 돌아가시기 전 남겨 준 이 신비한 이야기의 의미에 대해 정답을 원하지는 않는다. 항문이 열린 채로, 앙상하게 뼈만 남은 채로 숨을 거둔 엄마의 죽음을 덮어 줄 이런 의장儀裝마저 없다면 엄마의 죽음은 너무 누추하게만 여겨질 게 아닌가.

형제 간의 회포를 푸는지 사진 속 식구들은 모두 웃고 있었다.

사진 속 엄마는 침대 등받이에 기대어 고개를 반쯤 수그린 채, 모두 모여 즐겁게 식사를 하고 있는 자식들의 모습을 힘없이 바라보고 있었다. 음식 솜씨 좋은 언니들끼리 또 무슨 요술을 부렸는지 상 위에는 빛깔 좋은 음식들이 가득 놓여 있었다. 나는 남편이 올린 사진들을 보며 안심이 되면서도, 분명 실시간으로 올라온 사진임에도 먼 과거의 빛바랜 사진을 보는 것 같은 느낌이 동시에 들었다. 짧은 순간이었지만 영화 〈엔딩 노트〉의 주인공이 가족들 곁에서 평안하게 눈을 감으며 남겼던 마지막 말, "다들 웃고 있으니 여기가 천국 같구나."라는 대사도 떠올랐다. 자신의 죽음을 알고 제자들과 마지막 만찬을 나누던 예수의 모습이 담긴 레오나르도 다빈치의 〈최후의 만찬〉도 떠올랐다.

그렇게 만찬을 마치고 남편이 집에 들어 온 시간은 밤 열한 시가 조금 넘었을 때였다. 남편이 그 시간에 돌아왔으니 안양 언니, 형부도 그 즈음에 도착했을 것이다. 광주 언니와 형부가 엄마를 돌보겠다 했으니 걱정 말라던 남편은 피곤했는지 씻고 나서 금방 코를 곯기 시작했다. 나 역시 내일 아침이면 엄마에게 일찍 가야했기 때문에 잠자리에 들었다.

막 잠이 들었을 무렵, 안양 언니에게서 전화가 왔다. 새벽 두 시 이십삼 분이었다. 언제나 그렇듯이 새벽 전화는 불길한 예감을 피해가는 법이 없다. 방금 전 광주 언니에게 엄마가 숨을 안 쉰다는 전화가 왔다는 것이다. 전화벨 소리에 깨어난 남편은 통화 내용을 들었는지 조용히 옷을 입고는 몇 가지 필요한 도구를 챙겼다. 우리는 일단 안양 언니네로 가서 함께 엄마 집으로 향했다.

그동안 몇 번의 이별 연습이 있었던 것처럼 이번에도 혹시 그냥 지나가는 연습은 아닐까, 아니지, 숨을 쉬지 않는다는 것으로 봐서는 돌아가셨다는 건데……. 마음속으로 두서없는 생각이 오락가락하는 데도, 나나 안양 언니는 광주 언니에게 확인 전화를 차마 하지 못했다. 빨리 가서 직접 확인하지 않고서는 엄마의 소식을 물어볼 엄두가 나지 않았던 것이다.

그런 우리 마음을 헤아렸는지 광주 형부한테서 전화가 왔다. 놀라서 정신없는 언니 대신 연락을 한 것이다. 새벽 한 시 지나서부터 대변을 계속 보던 엄마의 변 처리를 하는 도중에 엄마의 항문이 열려 있음을 확인했다, 변은 멈추지 않고 계속 나왔다, 땀을 너무 많이 흘려 목욕탕 수건을 두 장이나 가져와 닦아 드렸지만, 그나마도 역부족이었고 온몸이 흠뻑 젖었다, 기운이 너무 없는 것 같아서 눕히지 못하고 등받이를 치우고 안고 있으니 좀 편안해 하는 것 같아서 한동안 안고 있었다, 품

안에서 희미하게 숨을 쉬시던 엄마 숨소리가 안 들렸다, 그리고서는 엄마가 숨을 쉬지 않았다. 확인한 시간은 2020년 9월 10일 새벽 두 시 십오 분이었다고 했다.

형부의 전화를 받는 동안 내 머릿속으로는 불쌍한 한 마리 새처럼 자식들 품에 안겨서 숨을 거둘 것 같다는 생각을 들게 했던 엄마의 사진이 주마등처럼 스쳐 지나갔다. 엄마의 죽음을 생각할 때마다 오랫동안 나를 지배했던 상상이 현실로 드러났는데도 나는 형부의 말조차 꿈속에서의 대화인 듯 현실감을 못 느꼈다. 현실로 느껴지지는 않았지만 엄마의 그 사진은 내 뇌리 속에서 사라지지 않았다.

만약 9월 8일 밤 내가 엄마 돌봄 당번이었다면 어찌 됐을까……. 아마도 나는 구급차를 불렀을 것이고, 그렇게 됐다면 엄마는 셋 중의 하나였을 것이다. 구급차를 불러 응급실로 가는 도중, 혹은 응급실에서 숨을 거두셨거나, 아니면 중환자실에서 인공호흡기를 다느라 고생하다가 숨을 거두시거나, 아니면 끔찍한 연명 치료에 육신을 내맡긴 채 기약 없는 연명 치료에 매달려 있을지도……. 그 어느 것도 내가 상상했던 엄마의 마지막 모습은 아니었다. 다행히 그날 안양 언니가 돌봄 당번이었기 때문에 언니는 엄마를 응급실로 모시지 않고 최대한 편안하게 엄마의 열과 통증을 다스려 드렸고, 결과적으로 엄마가 살아생전 가장 좋아했던 식구들 밥 먹는 모습을 보고 난 후 가족 품 안에서 평안하게 숨을 거둘 수 있도록 길을 터준 것이다.

나는 오래된 내 상상 속 엄마의 죽음을 현실로 구현해 준 언니의 손을 잡고 달리는 차 안에서 울면서 얘기했다.

"언니, 고마워. 진짜 고마워. 언니 덕분에 엄마가 편히 가실 수 있었어……."

"아니야, 그런 말 말어……. 그런 말 말어……."

언니는 "그런 말 말라"는 소리를 연발하며 흐느끼기만 했다.

애도 기록

아버지와 나란히 누운 엄마
(2020년 9월 10일~2020년 9월 12일)

새벽 세 시가 좀 넘어서 도착한 엄마 집에는 119구급차 대원들과 경찰서에서 나온 수사관들이 엄마를 둘러싸고 그동안 엄마가 복용한 약이며, 돌아가시게 된 경위 등을 묻고 있었고, 오빠와 형부는 수사관들을 상대로 자세한 설명을 하고 있었다. 엄마의 마지막 숨을 확인한 형부가 오빠에게 급히 연락을 하고, 오빠가 119에 엄마의 사망을 알리는 연락을 하자 119대원들은 사망 경위와 사망 진단 수사를 위해 수사관과 조사를 하고 있었던 것이다.*

어수선한 가운데 엄마는 침대에 누워서 편안한 모습으로 눈을 감고 있었다. 얼굴은 핏기 한 점 없이 창백했지만 엄마의 몸에는 아직 온기가 남아 있었다. 다가가서 안아 본 엄마의 체온은 평상시처럼 느껴졌고, 입을 약간 벌린 채 눈을 감고 있는 모습 역시 늘 보았던 모습과 별 차이가 없었다. 한 가지 눈에 띄는 게 있었다면 고관절 골절 이후 한번도 두 다리를 펴 보지 못했는데, 구부러진 양 다리가 쭉 펴져 있던 점이었다. 사망한 자의 근육은 사후 경직이 되기 전에 이완된 상태가 된다더니, 살아생전 그렇게도 안 펴지던 두 다리가 가지런하게 펴져

* 통계청 데이터에 따르면 1989년에는 77.4퍼센트가 집에서, 12.8퍼센트가 병원에서 사망하던 우리나라의 임종 장소는 2018년에는 의료 기관 사망 76.2퍼센트, 자택 사망 14.3퍼센트로 바뀌었다고 한다. 그런데 일반인을 대상으로 어디서 죽는 것이 바람직하냐는 설문 조사에서는 병원이라고 답한 경우는 16.3퍼센트, 자택이라고 답한 경우는 57.2퍼센트, 19.5퍼센트는 호스피스나 완화 의료 기관에서 죽는 것이 바람직하다는 조사 결과가 나왔다. 이런 조사 결과는 집에서 죽기를 바라지만, 죽음이 병원으로 '외주'되고 있는 죽음의 현주소를 보여준다. 이에 따라 우리 조상들이 생의 마지막에 곡기를 끊고 죽음을 맞던 일은 이제 심하게는 유기로까지 비난을 받게 되고, 하다못해 아무런 도움이 안 되는 수액이라도 맞다가 죽어야 정상인 것처럼 오인하는 사회 분위기까지 조성되고 있다(김현아, 앞의 책, 102~103쪽.).

엄마는 집에서 자식들 품 안에서 평안하게 눈을 감은 대가로, 살아생전 구경도 해 보지 못한 경찰관들의 수사를 눈을 감은 상태에서 받았다. 집에서 돌아가신 경우 사망 경위를 반드시 확인해야 하는 법에 따른 절차이겠으나, 경찰이 개입한다는 것 자체를 꺼리는 사람들은 집에서 돌아가셨다 해도 병원 응급실로 모셔가서 그곳에서 일괄적으로 사망 절차를 밟는 것이 일반적이라고 한다. 집에서의 평온한 임종을 꺼리게 하는 이런 절차도 '죽음의 외주화'를 가속화시키는 하나의 요인이 되는 건 아닐까 싶다.

있었다. 나는 엄마의 쫙 펴진 두 다리가 너무나 신기해서 한참을 주물러 보았다. 상체와는 다르게 냉기를 느꼈다. 그래도 체온을 느낄 수 있었다.

"아직 따뜻하네……. 울 엄마, 아직 따뜻하네……."

엄마의 몸을 끌어안고 있던 내 입에서는 넋 나간 사람처럼 혼잣말이 계속 이어졌다.

아직은 따뜻한 온기가 느껴지는 엄마의 몸은 아랑곳없다는 듯, 수사관들의 확인 과정을 마친 구급차 대원들은 엄마를 병원 응급실로 모실 것인지, 장례식장으로 모실 것인지 빨리 결정을 하라고 재촉했다. 장례식장으로 모시겠다는 오빠의 결정에 따라 도착한 을지 병원 장례식장 소속 직원들은 빨리 영안실로 모셔가야 한다며 엄마를 들것에 옮겨 실었다. 아직은 따뜻한 체온이 느껴지는 엄마의 몸을 서둘러 영안실 냉동고로 옮겨 가는 그들의 태도는 빨리 일을 처리해야 하니 방해하지 말라는 냉담함 그 자체였다. 그렇게 엄마를 모시고 가버리면, 그 길로 엄마를 다시 볼 수 없을 텐데 그들은 작별 인사 한 마디 할 겨를도 주지 않았다.

어디로 엄마를 모셔가느냐는 나의 질문에 그들은 영안실로 옮겨서 냉동 처리를 하고, 날이 밝으면 제일 먼저 검안 의사를 불러서 사체 검안서를 작성해야 한다는 절차를 사무적으로 읊어 주었다. 이제부터 우리 형제들은 병원 장례식장의 절차와 상조업체의 진행 과정에 따라 기계적으로 움직일 수밖에 없는 상태에 놓인 것이다. 아직까지 따스한 기운이 남아 있는 엄마의 몸을 차디찬 냉장고에 안치하고, 새벽잠을 방해받은 장례식장 직원의 하품 섞인 장례 절차 설명을 듣고, 장례 비용 계산 승인서에 사인을 하고, 앞서 차린 사자死者의 흔적들을 미처 다 치우지 못해 어수선한 빈소를 배정받아 하릴없이 서성댈 수밖에 없는 것이 엄마를 방금 잃은 우리들이 할 수 있는 일의 전부였다. 엄마의 장례를 대행업체에 맡기게 된 우리들은 엄마의 주검 앞에서 아무것도 할 수 없는 상태에 놓이게 된 것이다. 엄마의 주검을 대행업체에 맡긴 대가로 얻게 된 '을'의 입장이란 그렇게 무력했다.*

날이 밝자 가장 먼저 사체 검안 의사가 검안 결과를 들고 나타났다. 사체가 깨끗한 것을 보니 고인이 평안하게 잘 돌아가셨다며 검안 의사는 사체 검안서를 작성하여 우리에게 건네주고 담당 의사에게 사망 진단서를 끊으라고 했다. 이제 엄마는 법적으로도 망자가 된 것이다.

올케언니는 엄마가 칠순 즈음에 마련하여 당신 장롱 깊숙한 곳에

★ '죽음 혁명'을 주장하는 미국의 재기발랄한 장의사 케이틀린 도티는 현대의 바쁜 일상인들은 죽음의 의미에 대해 생각하기 싫어하기 때문에 모든 일을 일찍 끝내 버리려고 하지만, 그 대가로 많은 사람들이 얻게 된 것은 죽음의 실상과 대면할 수 있는 기회의 박탈이라고 주장한다. 주검의 대행업체인 장의사들의 일은 의식을 치르는 게 아니라 죽음을 희미하게 만든다는 것이다. 그러나 죽음은 어려운 정신적, 육체적, 정서적 과정으로서 사람들에게 알려져야 하고, 존중받아야 하며, 있는 그대로 두려움의 대상이 되어야 한다고 주장하는 그녀는 죽은 시신에 대한 권리는 유가족에게 있으며, 유가족은 그 시신을 자신의 의지대로 할 수 있다는 것을 잊지 말아야 한다고 언급한다(케이틀린 도티, 임희근 옮김, 『잘해봐야 시체가 되겠지만』, 반비, 2020, 183쪽.).

장례와 관련하여 우리와는 다른 문화적 차이 때문에 더러 거리감이 느껴지기도 하지만, 장례는 집에서 치르는 게 맞다고 주장하는 그녀가 앞으로 자신이 장례업체를 운영한다면 꼭 도입하고 싶은 의례로 소개한 무슬림 공동체의 '구슬ghusl(씻김 의례)'은 현대의 가정이나 도시에서도 시도가 가능한 것으로 읽혔다. 이 의례에서는 가족이나 친지들이 고인을 씻기고 수의를 입히는데, 이 같은 의례는 남은 자로 하여금 자신들도 언젠가는 죽게 될 것임을 알게 해 주고, 그것은 지혜의 시작이 된다고 한다. 장의사인 그녀의 말에 따르면 씻김, 편안함, 그 내밀한 느낌은 우리 사회가 편견만 버린다면 누구든 얻을 수 있는 것이라 한다. 더불어 "죽음을 가두고, 은폐하는 문화는 잘 죽는 데 장애물이 된다. 죽음에 대해 두려움과 오해를 극복하는 것은 쉬운 일은 아니지만, 우리 사회의 문화적 편견들 — 인종 차별, 성차별, 동성애 혐오 등 — 이 최근 들어 무너지기 시작한 것을 본다면 지금은 죽음이 그 진실을 드러낼 적기이다(위의 책, 324쪽.)."라는 그녀의 주장은 사회 문화적으로 장례를 어떻게 치러야 할 것인가에 대해 신선하고도 충격적인 문제 제기다.

넣어 두었던 수의와 영정 사진이 담긴 액자를 찾아 가져왔다. 올케언니는 엄마 수의는 알고 있었지만 거기에 영정 사진과 액자까지 같이 있었는지는 자신도 처음 알았다는 말을 전했다. 수의와 영정 사진은 엄마 칠순 무렵에 준비한 것으로 우리도 어렴풋이 알고 있었는데, 액자는 그리 오래돼 보이지 않았다. 아마도 엄마가 치매 진단을 받은 후 오래지 않아 준비했을 성 싶다. 엄마 영정 사진이 있을 줄 생각지 못했던 우리들은 엄마 사진들을 뒤지면서 마땅한 사진을 찾느라 고심했는데 엄마는 이미 액자까지 완벽하게 준비를 해 둔 것이다. 더 이상 고민말고, 자신의 생각을 따르라는 무언의 지시가 아니었겠는가.

그러고 보니 엄마의 죽음 이후에 감당해야 할 모든 준비는 이미 엄마가 생전에 다 마련해 두었다는 사실을 재삼 확인할 수 있었다. 영정 사진과 수의뿐만 아니라 아버지 옆으로 돌아가서 누울 묘지까지 엄마는 이미 오래전에 마련하고 관리해 왔다. 엄마가 준비한 길을 따라 우리 자식들은 움직이기만 하면 됐다. 누가 그런 엄마를 치매 노인이라고 우습게 볼 수 있으며, 누가 그런 엄마를 모시느라 고생했다는 공치사를 받을 수 있단 말인가? 누군가 옆에 있다면 붙들고 따지고 싶었다.

엄마 빈소는 영정 사진 크기에 맞춰 꽃장식이 꾸며지고, 가족들의 장례복장이 배달되고, 모든 업무는 오빠가 가입한 우정국 상조회사에서 재빠르게 진행했다. 교회장으로 엄마의 장례식을 치르자는 안양 언니의 제안은 엄마가 치매 전까지 교회 생활을 했기에 별 이견 없이 받아들였다. 가까운 친지들에게 엄마의 부고를 알리는 일은 오빠가 맡아서 직접 전화를 했다.

코로나 때문에 문상객 제한이 있어(가족, 상조회사 직원 포함 사십구 명) 나머지 형제들은 최대한 연락을 자제한다고는 했으나 오랫동안 공직에 있었던 오빠나 교회 권사인 언니의 문상객들로 첫날부터 바쁘기 시작했다. 그러나 코로나로 문상이 어려워진 지인들에게 연락을 해야 하나 말아야 하나, 한다면 어떻게 해야 하나 하는 문제는 고민거리였다. 하지만 그 고민은 우리 형제들의 고민이라기보다는 상조 회사 직원들의 몫이었는지 매뉴얼대로 간단하게 해결됐다.

상조 회사 직원은 장례식 부고 문구와 형제들 계좌 번호를 올리는 모바일 부고장을 직접 작성하여 형제들 스마트폰으로 보내 주었다. 그리고 지인들에게 전송하라는 안내를 했다. 나는 코로나 시국에 가능하면 간소하게 장례를 치르자는 입장이어서 알리고 싶은 최소한의 사람들에게만 연락을 하고자 했다. 그렇더라도 내 이름으로 부고를 올리고 내 이름의 계좌를 같이 올리는 게 보통 낯간지러운 게 아니었다.

나는 상조 회사의 부고 문구를 그대로 따르는 것이 아무래도 자존심도 상하고 해서 내 나름대로 문구를 고쳐도 보고 다시 써보기도 했지만, 가장 무난한 것은 역시 상조 회사의 문구였다. 일생 동안 부모님 상을 한두 번 밖에 겪지 않는 일반인들이 직업적인 그들을 능가할 수는 없었다. 게다가 상조 회사의 모바일 부고장을 돌리는 것도 처음에만 민망했지, 그 다음부터는 그러려니 하는 심정으로 전송하는 내 모습이 낯설지도 않았다. 형제들도 마찬가지였다. 아마도 앞으로 장례 문화는 상조 회사의 몫이지, 그 어떤 공동체나 가족의 몫이 되기는 힘들겠다는 생각이 들었다. 차라리 상조 회사에서 보다 창의적이고, 공동체의 안목을 지닌 프로그램을 개발해 유족들과 호흡을 맞추는 장례 문화를 기대하는 것이 나을 것 같았다. 그렇다 하더라도 유족들의 손과 마음이 닿지 않은 채 진행되는 일련의 장례 절차는 화려한 의장에도 사실은 별 의미가 없어 보였다.*

엄마 없는 첫날은 너무나 빨리 가 버렸고, 9월 11일 장례 이튿날에는 엄마의 입관식이 있었다. 상조 회사 직원은 아침부터 엄마 관에 넣어 드릴 꽃이라며 종이로 만든 꽃을 정리하고 있었다. 처음에는 생경했는데 곁에서 같이 거들다 보니 그새 눈에 익었는지, 종이꽃이지만 생동

감이 있었다.

＊ 현대 사회에서는 병원에서 '죽음의 외주화'가 이루어진다면, '주검의 외주화'는 상조 회사에서 이루어지고 있다. 그러나 참된 의미를 지닌 의례, 즉 시신과 가족, 감정을 포함하는 의례를 잃어버린 상황에서 그런 상품들은 의미가 없으며, 의례는 결코 구매력으로 대체할 수 없다는 장의사 케이틀린 도티의 주장이 아니더라도(케이틀린 도티, 임희근 옮김, 『잘해봐야 시체가 되겠지만』, 반비, 2020, 201쪽.) 장례는 남은 자들의 애도와도 밀접한 관련이 있는 중요한 의례로 생각된다.

장례식의 본래 의도가 누군가를 상실했을 때 그 상실의 위기를 최대한 억제하려는 데 있는 것이라면, 장례식의 주체는 죽은 자뿐만 아니라 산 자도 주체가 되어야 한다. 그렇다면 장례식은 죽은 자를 조상의 무리로 인도할 뿐만 아니라 남은 자를 다시 산 자의 공동체로 돌려보내는 의례가 되어야 한다. 그래서 과거 전통 사회에서 장례식(세계 각지에서 보이는 이중 매장과 이중 장례식, 여기에는 과거 한국의 '초분草墳'도 포함된다.)은 죽은 자와 산 자라는 서로 다른 범주의 사람들에게 적용되는 똑같은 해방 행위였으며, 이 때문에 산 자는 깊은 변화를 겪고 새로운 생명력과 사회적 힘을 얻어 정상적인 삶으로 복귀할 수 있었다. 그러나 현대 사회에서 산 자는 죽은 자의 현재 상태에 참여하면서 그의 몸과 함께 애도하는 것이 아니라 이와 별개로 자신의 슬픔을 표현한다. 또한 애도 기간은 시신의 상태가 아니라 가정적이고 사회적인 다른 이유에 따라 결정된다. 이에 따라 산 자들은 충분한 애도의 시간을 갖지 못하고 장례식 이후에 산 자들의 삶은 애도의 시간으로 검게 물들기 시작한다. 장례식은 애도의 종점이 아니라 기점이 되고, 산 자는 삶 속에서 장례의 지연 현상에 짓눌리는 우울을 겪을 수밖에 없다(이창익, 『죽음을 사색하는 시간』, 인간사랑, 2020, 73~84쪽.).

대행업체가 세팅한 초간단 삼일장을 일반적으로 치르고 있는 우리 사회의 경우, 임종 못지않게 중요한 장례식 관련 사유와 문화적 검토도 중요한 과제라고 생각한다. 특히 남은 자의 우울을 예방하고 생명력과 새로운 힘을 얻게 해 줄 수 있는 장례의식에 대해 고민이 무엇보다 필요하다.

오후 두 시, 간단하게 입관 예배를 마치고 입관실로 걸음을 옮겼다. 입관 담당 상조 회사 직원은 가족들이 엄마와 마지막 인사를 건넬 수 있도록 수의 차림의 엄마 시신을 입관식용 안치대 위에 조용히 옮겨 주었다. 엄마의 얼굴은 곱게 마친 화장과 불빛 때문에 눈이 부실만큼 고왔다. 엄마는 삼베옷을 정갈하게 차려입고 두 손을 가지런히 모은 채 우리들의 작별 인사를 기다리고 있었다.

은은한 미소마저 도는 엄마의 얼굴은 이승을 빨리 떠나가고 싶어 하는 듯해 서운한 마음이 들었다. 불과 며칠 전까지만 해도 병석에 누워 고통스러워했던 얼굴과 순간 대비돼 나는 왠지 서러워졌다.

> "울 엄마, 이젠 안 아픈가 보네……. 우리 순둥이, 착
> 한둥이, 엄마 고마워요……. 정말 고마워요……."

엄마의 시신은 아침에 만든 종이꽃에 덮여 관 속에 묻혔다.

입관식을 마친 다음 날인 9월 12일 새벽 여섯 시, 발인을 해야 하는 마지막 날이 밝았다. 멀리서 온 언니네 교회 목사님, 교인들과 간단히 발인 예배를 마치고 벽제 화장터로 향했다. 엄마가 살아생전 마련해

두었던 아버지 옆에 안치하려 했지만 아버지와 달리 엄마는 화장을 해서 유해함을 묻는 형식으로 결정을 했기 때문이다.

시체 검안서와 사망 진단서를 제출하고 돌아서니 엄마의 화장 순서가 전광판에 떠 있었다. 대략 한 시간 십오 분 정도 걸렸다. 불과 연기와 배출 가스의 결과물로 재가 돼 버린 엄마의 유해를 화장장 담당자가 삽으로 꺼내 유해함에 쓸어 담고 봉했다. 구십 년 넘게 사는 동안 수많은 이야기를 품었던 엄마의 몸에서 남은 것은 재 몇 줌이었다. 고작해야 몇 줌 안 되는 엄마의 유해를 천근이나 되는 듯이 안고 가는 장손의 뒤를 밟으며, 자손들의 울음은 길게 이어졌다.

도착한 엄마의 묘지에는 공원 일꾼들이 엄마의 유해를 묻을 준비를 거의 끝내고 있었다. 간간이 흩뿌리는 빗줄기는 먼지 없이 흙을 파서 엄마의 무덤에 떠 넣어 드리기에 좋은 조건이었다. 아버지 무덤 옆에 나란히 마련된 엄마의 무덤에 온 집안 자손들이 한 삽씩 흙을 떠 넣어 무덤을 메웠다. 그 과정은 줌^{Zoom}으로 미국의 언니·오빠네 부부, 손자, 손녀, 그리고 증손자, 증손녀들에게까지 공유됐다.

한국의 자손들도 그 수가 만만치 않은데 미국의 자손들까지 합하니 줌 화면이 꽉 찼다. 이미 발인 때 줌으로 화상 공유를 접했던 터라 엄마 묘지에서 다시 접속한 줌 화면 속의 자손들은 본격적으로 친밀함을 드러내며 대화를 나누기에 바빴다. 한 다리가 천리라고, 손주들은 돌아가신 할머니보다는 서로의 근황이 더 궁금했는지 이런 저런 질문과 대답 끝에 간간이 웃음을 터트리기도 했다. 한편에서는 아직도 울음을 그치지 못하는 풍경이, 한편에서는 오랜만의 만남으로 반가운 웃음이 이어지는 풍경이 동시에 벌어지고 있었다.

한번도 엄마의 얼굴을 본 적이 없는 멕시코의 증손자 도너번은 연신 눈물을 훔치며 엄마의 죽음을 슬퍼하는가 하면, 자신의 손자 도너번의 여린 마음이 기특해서 같이 울먹이는 미국의 셋째 딸, 그 와중에도 자신이 돌 때까지 키웠던 시애틀의 손자를 보면서 눈을 떼지 못하는 광주의 둘째 딸, 한결 멋있어 졌다는 사촌들의 칭찬에 환하게 웃는 미국의 두 손자들……. 모두 다 엄마의 몸에서 넝쿨처럼 뻗어나간 자손들이었다.

넝쿨처럼 퍼져 나간 자손들의 울음소리와 웃음소리 속에서 엄마의 매장은 끝이 났다. 엄마는 아버지 옆 묘에 단정하게 안치됐다. 자손들이 다 돌아가고 나면 엄마 혼자 쓸쓸할 텐데, 다행히 아버지가 옆에 계신다고 생각하니 그나마 든든했다. 엄마가 당신의 옆 자리로 오기만을 사십 년 동안 묵묵히 기다렸고, 기다림 끝에 말없이 엄마를 맞아 주고, 든든하게 엄마를 지켜 줄 아버지가 난생 처음 고마웠다.

"아버지……. 엄마를 잘 돌봐 주세요. 엄마도 아버지가 너무 오래 기다리실 것 같다며 걱정하셨어요. 이제는 자식들 대신 아버지가 엄마를 돌봐야 할 차례입니다……."

엄마의 인생 최후 삼 일은 그렇게 끝이 났다. 엄마의 장례식은 엄마가 살아온 삶이 그러했듯이 소박하면서도 오롯했다. 이 오롯한 장례식의 모든 것은 엄마가 일생 동안 살면서 마련하고 준비해 놓은 것이다. 넝쿨처럼 뻗어 나간 자손들, 그 자손들을 평생 동안 먹이고 가르치면서 사람 노릇하며 살도록 길을 터 주신 일, 그리고 아버지 옆에 조용히 누워 자손들에게 당신의 죽음을 평온하게 맞이하게 해 주신 일 등, 이 모든 것들은 엄마가 살아생전 일구었고 결정해 놓은 것이다. 그러니 엄마는 이 오롯한 장례식을 누릴 자격이 차고도 넘친다.

경기도 광주시 오포읍 매산리 산 17번지 광주 공원 묘원, 19-3구역. 여기가 엄마, 아버지 두 분이서 나란히 지내실 집이다.

엄마 없는 날들
(2020년 9월 14일~)

9월 14일, 월요일

오늘은 삼우제 지내는 날이다. 지난 장례식 때 미처 마무리를 짓지 못한 비석이 정비되어 있었다. 이제 막 입주한 집을 정돈이라도 하는 양 엄마 봉분 위의 떼잔디들은 조금씩 들썩이는 듯이 보였다. 아직은 자리를 잡지 못해 손으로 눌러 주고 돌아서 보는 하늘은 너무도 맑고 투명했다.

오늘은 죽기 좋은 날이다.

모든 생명체가 나와 조화를 이루고

모든 소리가 내 안에서 합창을 하고
모든 아름다움이 내 눈에 녹아들고
모든 잡념이 내게서 멀어졌으니
오늘은 죽기 좋은 날이다.

— 푸에블로 인디언의 시

엄마가 돌아가신 새벽은 날이 흐렸다. 나는 엄마 무덤에 앉아 창창한 하늘을 바라보며 스마트폰 메모장에 담긴 시를 읽고 또 읽었다. 아마 이 시에 나오는 구절처럼 엄마가 편안히 죽음을 맞이하길 바라는 마음에서 메모를 해두었던 것 같다. 그런데 막상 엄마가 돌아가시고 이렇게 아버지 옆에 나란히 누워있는 모습을 보자 몹시 서운한 마음이 들었다. 엄마는 새침데기처럼 말이 없었다. 아버지 옆에서 이제는 그 지겨운 자식들과 더는 엮이지 않겠다는 무언의 모습이다. 평생을 자식들에게 '노NO'라고 말하지 못하고 살아왔던 생을 이제는 그만 두고 그 징글맞은 엄마의 자리에서 벗어나 홀가분한 건지, 엄마는 일절 말이 없다. 아버지랑 회포를 푸시느라 우리들은 아랑곳없다, 이 뜻인가?

"엄마가 저쪽 세상에서 새로 살림 차리시느라 바쁘신가 봐. 통 말이 없으시네. 예전 같으면 잔소리하기 바쁘

실 텐데 그쪽 세상에 재미 붙이시느라 그런지 통 말씀이
없으셔.”

나는 언니에게 농담 삼아 말을 했지만 농담만은 아니었다. 어쩐지
엄마가 딴 세상 사람인 듯 쌀쌀맞게만 여겨지고, 억지인 줄 알면서도
돌아가신 아버지나 이미 그 세상에 계신 분들에게 알 수 없는 질투심
이 마음 한편에서 일어났다.

이럴 줄은 정말 몰랐는데, 나는 엄마의 상실을 가장 막내다운 방식
으로 맞이하고 있었다.

9월 16일, 수요일

엄마랑 마지막으로 삼 개월 동안 지냈던 중계동 집이 나갔다는 연
락을 받고 안양 언니랑 집을 치우러 갔다. 언니랑 나랑은 말없이 짐 정
리를 하고 마지막으로 빈집을 둘러보았다. 이제 다시는 이 집에 올 일
이 없을 것이다.

9월 19일, 토요일

아침마다 잠에서 깨어난 직후의 몇 초. 짧은 시간임에도 엄마를 떠올리며 긴 실랑이를 벌이는 시간이다. 이 모든 일이 실제로 벌어진 일이었는가? 그러나 질문만 할 뿐 나는 어떠한 답변도 할 수 없다. 만약 내게 종교가 있다면 그 시간에 조용히 기도를 하면서 마음을 진정시키고 위로를 받을 수 있었을지 모르겠다.

어떠한 위로도 받을 수 없는 나는 결국 오늘 하루도 엄마 생각으로 힘들게 보낼 수밖에 없을 것이다.

9월 20일, 일요일

엄마가 있는 세상으로 다시는 돌아갈 수 없다. 다시는 돌아갈 수 없는 강을 건너온 느낌이다. 다시는 돌아갈 수 없다니…….

믿을 수 없는 현실에 순간순간 식은땀이 흐른다.

9월 24일, 목요일

날이 좋다. 엄마가 가신 지 딱 십사 일, 이 주가 됐다. 그동안 없던
버릇이 생겼다. 하늘을 보면서 허공에 대고 엄마한테 말을 거는 버릇
이다.

엄마는 달이 되었지, 그지, 응
엄마는 우주로 돌아갔지, 그지, 응

다 거짓말이야!
엄마, 왜 죽었어…….

아, 나는 지금 무슨 떼를 쓰고 있는 것일까…….

9월 28일, 월요일

엄마가 가시고 난 후 오늘이 십팔 일째. 아침에 눈을 막 뜰 때 엄마
생각이 제일 많이 난다. 세수도 안 한 채 머리는 산발인 채로 엄마한테

달려가야 할 거 같은데 막상 엄마는 없다.

내 마음 속의 엄마는 너무도 생생한데 현실 속 어디에도 엄마는 없다.

9월 30일, 수요일

추석을 앞두고 아침저녁이면 날씨가 제법 쌀쌀하더니 오늘은 낮에도 찬바람이 분다. 한 줄기 남은 햇빛마저 파르르 떨고 있다. 날씨 탓인지 아침부터 엄마 생각이 났다. 낙엽이 지고 이렇게 찬바람이 불 때면, 엄마는 늘 아파트 복도에 나와 오지도 않을 자식들을 하염없이 기다리곤 했다. 이제는 어느 누가 나를 기다려 줄 것이며, 어느 누가 그토록 환하고 반가운 얼굴로 나를 맞이해 줄 것인가…….

"엄마"라고 부르며 달려가면 환하게 웃으며 맞아 줄 엄마가 없어졌다.

눈물이 난다.

10월 9일, 금요일

일을 하다보면 좀 나을까 싶어서 잡히지 않는 일이라도 붙들고 시간을 보내고자 했다.

그러나 엄마를 잊고자 하는 게 엄마를 생각하는 것보다 더 괴롭다.

10월 17일, 토요일

'가족들의 애도조차 허락되지 않는 코로나 사망자의 비대면 임종과 장례'라는 신문 기사를 읽었다. 죽어도 가족들과 만날 수도 없이 죽어간다는 내용의 기사였다. 엄마가 돌아가신 지 한 달이 넘었는데도, 나는 뉴스에서 요양원 얘기만 나오면 화들짝 놀란다. 마치 엄마가 아직도 요양원에 계신 듯한 착각에서 벗어나지 못하고 있는 것이다. 코로나 덕분에 엄마는 자식들과 보낼 수 있었다며 안심을 하다가도, 그 엄마는 이제 우리 곁에 없다는 생각에 코끝이 또다시 시큰해진다.

11월 10일, 화요일

아직은 엄마의 죽음으로 슬픔이 사라지기 전이다. 아니, 때로는 영영 사라지지 않을 것 같다는 생각이 나를 지배하는 우울한 시간이 계속 되기도 한다. 아우슈비츠 이후에도 서정시가 가능한가라고 질문했던 아도르노처럼 엄마의 죽음 이후, 내게도 기쁨이라는 것이 가능할까 수시로 자문해 보는 나날이다.

의식하지 못한 사이에 마음이 온통 엄마에게 가 있는 나를 발견하고는 일부러 일거리를 찾아 몰두해 보고자 하지만, 현실 감각도 사라지고 집중력도 흐트러지는 것에 낙망을 하고 오지도 않는 잠을 청하면서 누워있는 시간도 길어졌다. 어쩌다 잡힌 채널에서 코미디를 보며 크게 웃으면서도, 평소에 그토록 먹고 싶었던 음식을 큰맘 먹고 시켜 먹으면서도, 가까운 가족의 배려로 따뜻한 보호를 받으면서도 그 모든 게 잠시일 뿐 이내 시들해진다. 일상이 비현실적으로만 여겨져서 웃는 것도, 먹는 것도, 사람들과 교감하는 것도 버겁기만 하다. 혹자는 이런 상태가 애도 기간 중 흔히 일어나는 일이고, 시간이 지나면 점차 회복된다고 한다(에노모토히로아키, 박현숙 옮김, 『모친 상실』, 청미, 2017, 156쪽.). 그러나 지금으로서는 그럴 때가 올까 싶다. 어디엔가 누군가에게 하소연을 하고도 싶고 떼를 쓰고 싶기도 하다. 이러면 안 되겠

다 싶어 몸가짐과 마음가짐을 다스리려 노력도 해 본다. 그러나 노력
은 노력일 뿐, 아우슈비츠 이전으로 돌아가기 힘들 듯 엄마의 죽음 이
전으로 돌아가기란 어쩐지 불가능해 보인다.

나는 지금 두려운가

그렇다. 하지만

당신과 함께 외친다.

'좋아, 기쁨에 모험을 걸자'

우연히 접한 루이즈 글릭(2020년도 노벨 문학상 수상 시인)의 「눈풀꽃
snowdrops」 시구를 찬찬히 들여다본다. 좋아, 엄마의 죽음 이후에 기쁨이
가능할지는 아직 모르겠으나 기꺼이 기쁨에 모험을 한번 걸어 보자.
자연 그 자체로서의 '기쁨'은 어떨지 모르겠으나 모험으로서의 '기쁨'
이 가능하다면 감행해 보고 싶다. 그렇게 해서라도 엄마 잃은 슬픔이
점차 옅어질 수 있다면!

2021년 1월 13일, 수요일

경자년에서 신축년으로 해가 바뀌었다. 오늘은 엄마가 돌아가신 후 맞이한 첫 생신날이다. 첫 생신을 맞아 엄마네 집으로 축하를 드리러 갔다. 며칠 전에 내린 눈이 두터운 이불이 되어 엄마 봉분을 따뜻하게 덮어 주고 있었다. 하얀 눈 이불을 덮은 엄마를 보니, 늘 깨끗한 이부자리를 좋아했던 엄마에게는 안성맞춤이라는 생각이 들었다.

나는 엄마와 아버지 묘에 꽂아드릴 꽃을 새로 사면서 혹시라도 엄마에게 서운한 생각이 또 들면 어쩌나, 나도 어쩌지 못하는 못난 내 마음이 조금 걱정됐다. 그러나 흰 이불을 두툼하게 덮고 나란히 누워 있는 두 분을 보자 다행히 그런 마음은 들지 않았다. 눈 덮인 봉분 속 엄마는 흰 눈에 반사되어 더욱 붉게만 보이는 동백꽃의 밝은 빛을 받으며 여전히 말이 없다. 그 말없음이 서운하지는 않았다. 넉 달 전, 죽은 자의 세계에 입문한 엄마의 봉분에서는 산 자들의 세계에서는 보기 힘든 위용威容마저 느껴졌다. 엄마의 화법은 산 자들의 화법과 달랐을 뿐인데, 나는 미처 알아듣지 못한 어리석음을 서운함으로 가장해 어리광을 피웠던 것이다.

"엄마, 엄마 좋아하시던 흰 홑청이불 덮고 계시니, 기분이 좋으세요? 그 동안 아버지가 잘해 주시던가요? 엄마, 이곳 정리하고 아버지 계시는 세상으로 가니 어때요? 맘에 들어요?"

엄마는 대답이 없다. 이제는 눈물 없이도 엄마 묘 앞에서 엄마와 대화를 나누고 있는 내 모습이 내심 대견했다. 눈물 없이 터진 내 말문은 명랑한 음색을 담고 있었다.

"엄마, 아버지랑 그동안 못 다한 얘기 많이 나누시고, 편안하게 잘 지내셔요. 조만간 또 올 테니까 그때 또 봬요······."

엄마는 여전히 말이 없다. 죽은 자의 화법을 해독할 수 있는 가능성을 감지하게 된 내 마음 속엔 조그만 희망 같은 것이 움텄다. 앞으로도 엄마는 산 자들과 똑같은 화법을 구사하지는 않으리라. 그 말을 알아들을 수 있는 능력을 키우는 건 엄마 몫이 아니라 내 몫이다. 그것은 엄마 없는 세상에서 내가 이루어나가야 할 커다란 일거리가 될 것이다.

아버지와 나란히 누워 있는 엄마를 뒤로 하고 파란 하늘 아래 유난히 반짝이는 눈길을 밟으며 집으로 향했다. 몸이 많이 가벼워졌다.*

* 애도에 대해서는 여러 입장과 글들이 많지만 짤막하면서도 읽는 이의 마음을 간결하게 정리해 주는 완화 의학과 교수 지안 도메니코 보라시오의 입장이 가장 마음에 들었다.

"애도는 언젠가는 '끝나는' 직선의 과정이 아니라 평생 육체적, 정신적, 사회적, 영적인 영역에 두루 걸친 나선형 과정이다. 이는 곧 우리 삶에서는 '강렬한' 애도 국면과 상대적으로 '차분한' 애도 국면이 교대로 일어난다는 것을 의미한다. 그것도 하나가 언제 시작하고, 다른 하나가 언제 끝날지 예측할 수 없는 상태이다. J. 윌리엄 워든에 따르면 유족에겐 극복해야 할 네 가지 과제가 있다.

1. 상실을 현실로 받아들이기
2. 슬픔의 고통을 오롯이 느끼기
3. 고인이 없는 환경에 적응하기
4. 정서적으로 고인에게 새로운 공간을 부여하며, 기억을 유지하는 법을 배우고, 그러면서 계속 살아가기

사랑하는 사람에 대한 상실감은 쉽게 지워지지 않고 다른 것으로도 메워지지 않는다. 그래서 네 번째 과제가 필요하다. 중요한 건 마음의 구멍을 메우는 것이 아니라 그것과 함께 살아가는 것이다. 스위스 치즈는 숙성이 될수록 구멍이 점점 많아지고 커진다. 구멍이 없는 스위스 치즈는 좋은 치즈가 아니다. 사람의 상황도 비슷하다. 이 모든 상실에 대해 우리 삶에 적당한 자리를 부여하고, 그렇게 생겨난 구멍을 우리 정체성의 일부로 받아들이고, 또 그에 대한 기억을 계속 안고 살아가는 법을 익히는 것은 개인의 성장과 인간적 성숙의 중요한 부분이다(지안 도메니코 보라시오, 박종대 옮김, 『낯선 죽음』, 다봄, 2019, 113~114쪽.)."

에필로그

"아이 한 명을 키우기 위해서는 온 마을이 필요하다.

한 사람이 죽기 위해서도 온 마을이 필요하다."

한 사람이 죽기 위해서는
온 마을이 필요하다

"아이 한 명을 키우기 위해서는 온 마을이 필요하다."라는 아프리카의 유명한 속담이 있다. 엄마가 돌아가시기 전 마지막으로 거처했던 중계동 아파트 단지 입구에는 이 문구를 담은 커다란 현수막이 걸려 있었다. 그 아파트에는 어린 아이들을 둔 젊은 부모와 신혼부부들이 주로 거주했는데, 그래서인지 어린 아이들과 관련된 육아 문화가 눈에 많이 띄었다. 엄마에게 오가던 삼 개월 동안 지하철역에서 내려 아파트 단지로 이어지던 입구에 걸린 이 대형 플래카드를 늘 볼 수밖에 없었다.

그 아이는 커서 어른이 되고 노인이 된다. 그리고 죽음을 맞이할 때가 온다. 온 마을의 환대와 관심 속에서 자라난 '한 아이'는, 하지만 늙어서 그 마을과 철저하게 격리된 요양원과 요양 병원에서 죽음을 맞이해야 한다. 그리고 아무런 연고도 없는 상조 회사 직원이 그 '한 아이'의 시신을 거두고, 단 한 번 안면도 없던 사람이 화장로의 버튼을 누르고 쓸어 담은 재를 받아서 처리하면 그 '한 아이'는 사라지고 이 세상에 더 이상 존재하지 않는다.

'한 아이'가 성장하기 위해서 필요했던 마을은 '한 아이'가 나이 들어 죽어 갈 때는 아무 필요도 없다. 아니 필요해서는 안 된다. 그 마을에서는 '한 아이'에게는 환대를, '한 아이'가 더 이상 성장하지 않고 늙어갈 때는 배제를 하는 것을 당연하게 여긴다. 노쇠와 죽음은 마을이 가까이 해서는 안 되는 두려움과 공포의 대상이 되기 때문이다. 더구나 성장기의 '한 아이'에게는 더욱더!

엄마가 돌아가시고 난 후, 우리 가족들은 검은 장례복을 입고 아파트에 들어서는 것조차 경비 아저씨나 그곳 주민들에게 거리낌의 대상이 될까 봐, 장례식장 화장실에서 평상복으로 갈아입고 엄마가 지냈던 아파트로 가야만 했다. 엄마의 죽음은 그곳 주민들에게는 은폐되어야만 하는 불미스러운 사건이었고, 우리들은 최대한 주민들에게 피해가 가지 않도록 엄마의 죽음을 마무리해야만 했다. 나이 들어 죽어 가는 '한 아이'는 마을의 주민으로 결코 환대받을 수 없다는 불문율을 우리는 너무도 잘 체득하고 있었기 때문이다.

엄마가 돌아가시기 전 엄마가 지낼 만한 아파트를 얻을 때 나이 드신 환자가 있다는 이유만으로 두 번씩이나 계약이 취소됐었다. 언젠가 한번은 엄마를 휠체어에 모시고 바람을 쐬러 나오는데 승강기에서 만난 어린 아이가 엄마의 뼈만 남은 앙상한 다리를 보고 충격을 받았는지, 자기 엄마의 손을 잡으면서 "엄마, 늙으면 장애인이 되는 거야?"라고 물은 적이 있었다. 아무 말도 하지 못한 채 내 눈치만 슬쩍 보고는 입을 다물던 아이 엄마의 얼굴이 지금도 눈에 선하다. '한 아이'가 자라기 위해서는 온 마을이 필요하다. 그러나 나이 들고 죽어 가는 노인은 '온 마을'에 절대 포함될 수 없었다. 그 '온 마을'에서 노인의 죽음은 마치 하나의 범죄라도 되는 양 은폐의 대상일 뿐이었다. 요양원이나 요양 병원, 상급 병원이 아닌 '온 마을'에서 죽음은 '한 아이'를 키우기 위해 필요한 '온 마을'에 민폐를 끼치는 존재일 뿐이다.

내가 경험한 이 현실은 삶과 죽음의 경계선이 너무나도 명확하게 분리된 우리네 삶의 한 단면이었다. 그러나 인간의 삶과 죽음의 경계가 그렇게 뚜렷하게 분리 가능한 것이라면 무엇 때문에 지금까지 수많은 철학자와 종교인이 그 문제에 집착을 했으면서도 그 선긋기에 성공하지 못했으며, 우리 인간은 왜 죽음의 문제에서 자유롭지 못한 것일까 하는 의문이 든다. 삶과 죽음의 경계는 불안정하고 결코 분리될 수 없는 것임에도 죽음의 불안과 공포 때문에 불안정하고 분리불가분한 경계 자체를 용납할 수 없었던 사람들은 어떤 식으로든 분명한 선긋기를 해야지만 안심할 수 있었던 모양이다.

그러나 이 선긋기, 죽음과의 거리두기는 죽음의 외주화와 그에 따른 죽음의 비가시화로 많은 사람들에게 죽음을 해석하고 받아들일 수 있는 능력을 빼앗는다. 죽음에 대한 해석의 부재, 의미의 결핍이 현대인들의 문화적 질병을 상당 부분 유발하는 병인이 되고 있다는 진단(이창익, 앞의 책, 132쪽.)은 죽음을 사색하는 죽음 학자의 전유물만은 아니었다. 나 역시 엄마의 죽음으로 나 자신의 죽음에 대해 처음으로 배울 수 있었다. 죽음에 대한 우리 사회의 무지와 편견과 배제, '죽음 지우기' 문화가 우리에게 얼마나 잘못된 '죽음 표상'을 안겨주고 있는지, 잘못된 '죽음 표상'으로 우리는 죽음의 진짜 얼굴로부터 얼마나 멀어졌는지, 죽음을 둘러싼 우리 사회의 베일이 얼마나 나를 두텁게 둘러싸고 있었는지, 베일이 하나씩 벗겨질 때마다 나는 휘청대야만 했다.

그때마다 맞이했던 충격은 누구와 쉽게 공유할 수도 없는 것이었다. 사람들은 죽음에 대해 공유하는 것을 부담스러워 한다. 상대의 부담을 감지하고 있는 나는 누구에게도 말을 쉽게 할 수가 없었다. 그저 엄마의 죽음을 빨리 마무리하고 의연하게 일상으로 복귀해야만 하는 것이 엄마의 죽음을 대하는 온당한 태도라고 생각했다. 마땅히 그래야만 하는 걸로 알고 있었다.

하지만 엄마가 보여 준 죽음의 얼굴은 내가 막연하게 알고 있었던 죽음과는 너무 달랐다. 죽음의 실제는 낯설었다. 그만큼 속수무책이었다. 마치 현실처럼 꾸며진 스튜디오 안에서 살고 있다는 사실을 인식하지 못한 채 살았던 〈트루먼 쇼〉의 주인공처럼, 나도 죽음의 외주화와 죽음의 비가시화가 만들어 놓은 현대의 죽음 표상이 진짜 죽음의 얼굴이라고 생각했는지도 모른다. 그러나 다행히도 엄마의 죽음은 현실처럼 꾸며진 스튜디오의 가상을 찢고, 죽음의 민낯을 들여다볼 수 있는 조그만 창을 내게 제공해 주었다. 이 조그만 창으로 나는 우리 인간이 죽음의 공포를 잊기 위해서는 죽어 가는 이의 모습과 친밀해져야 함을, 그래야만 현대 사회의 인간성을 회복할 수 있다는 필리프 아리에스의 역설力說을 비로소 납득할 수 있었다.

"아이 한 명을 키우기 위해서는 온 마을이 필요하다."는 점도 중요하지만 그에 못지않게 "한 사람이 죽기 위해서는 온 마을이 필요하다."는 점도 잊지 말아야 할 것이다.

이제 나는 엄마의 죽음과 주검 옆에서 더 오래 머물러도 좋을 것 같다. 죽음을 외면하고 사는 것이 아니라 죽음을 마주하고 사는 것, 앞으로 내 과제다. 🏃

이 책은 엄마의 죽음을 기록한 개인 서사이다. 개인의 기록을 바탕으로 고령 사회에 내재한 죽음의 보편성을 드러내고자 했다. 엄마의 개인적인 기록에 메모를 덧붙여, 읽는 독자가 죽음을 접할 때 필요한 정보와 지식을 제공하고자 했다. 엄마의 죽음이 처음이었던 내가 엄마의 죽음을 맞이하는 과정에서 접했던 자료들이다. 도움이 되길 바라는 마음에서 참고 문헌의 제목, 저자, 출판사, 출판 연도, 쪽수까지 빼놓지 않고 밝혔다.

죽음이 병원과 요양 시설의 몫이 된 현대 고령 사회에서 엄마의 죽음을 맞이한 나의 죽음 대처 능력은 허약하기 짝이 없었다. 비단 내게만 해당되는 것은 아닐 것이다. 근대화와 산업화 이후, 마을이나 가족 공동체에서 밀려나 병원과 요양 시설의 밀실에서 부모의 죽음을 맞이하는 것이 일반화된 베이비 부머 세대들의 경우이기도 하다. 그런 의미에서 엄마의 죽음을 기록한 이 책을 사적이되, 공적인 기록으로 받아 주었으면 좋겠다. 베이비 부머 세대가 맞이한 부모님 죽음의 기록 서사로 읽히길 바란다.

치매 엄마의 돌봄과
죽음맞이를 위한 생생한 안내서

2021년 현재 코로나19로 한국도 많은 것들이 멈추고 단절됐다. 그중 내게 가장 안타까운 건 고향에 계신 어머니를 자주 뵈러가지 못한다는 것이다. 한번은 전화로는 도저히 걱정과 그리움을 달랠 수 없어 무작정 기차를 타고 어머니께 달려간 적이 있었다. 팔순이 넘은 어머니는 허리가 더욱 구부정해지고 지팡이 없이는 걷기조차 어려웠다.

'아! 앞으로 얼마나 더 사실까? 이러다간 어머니 살아계실 때 따뜻한 밥 한 공기도 못 지어 드리는 건 아닐까?'

문득 불안감과 죄송스러움이 밀려들었다. 실제로 조선 시대 사람들은 아들이 부엌에 들어가 맛있는 음식을 해 연로하신 부모님께 올리는 것을 최고의 효도로 여겼다. 대표적으로 19세기 실학자 서유구가 그러했다.

김난희 선생님의 이 책을 읽으면서 나는 문득 이런 생각이 떠올랐다. 삼 년 동안 치매 엄마를 돌보고 하늘나라에 보내 드렸으며, 이제 그 경험을 토대로 한 권의 의미 있는 책까지 내시는 선생님 특유의 그 '호탕함'에 또다시 감탄하지 않을 수 없었다.

몇 년 전 선생님을 만나면 주말마다 치매 엄마를 모시러 수원에서 서울로 가야한다는 얘기를 듣곤 했다. 나는 으레 고생이 많겠다고 위로의 말을 하곤 했지만 그동안 얼마나 많은 우여곡절을 겪었는지는 이 책을 보고서야 실감할 수 있었다. 또한 선생님은 치매에 걸린 엄마를 삼 년여 동안 가족들과 돌보면서 세상 그 어느 곳에서도 배울 수 없는 공부를 한 듯했다.

이 책은 죽음 학자답게 자기감정에 치우치지 않고 치매 엄마의 돌봄과 죽음맞이에 초점을 맞춰 아주 담담히 객관적으로 서술하고 있다. 또 기억 상실과 터널 증후군, 수면 장애, 배변 장애 등 여러 가지 치매 증상들과 돌봄 방법, 요양 병원 선택법이나 연명 치료 여부, 치매와 죽음 관련 참고 도서 등 그야말로 알찬 정보들을 각주 형식으로 일러주고 있다. 역시 죽음 학자답게 자기 경험담에만 그치지 않고 우리 모두를 위한 책을 쓴 것이다.

선생님. 이 책으로 어머니는 맑은 영혼으로 다시 태어나 우리 곁에서 영원히 사실 겁니다. 아주 큰일을 하셨습니다.

태정 정창권(고려대학교 문화창의학부 교수)

가장 큰 죽음 공부

이 글을 읽으며 많은 생각에 잠겼다. 당장 무언가 급한 마음이 들어 몸을 일으켰지만 정작 무엇을 어떻게 해야 할지 알 수 없었다. 지금 잘 살고 있는 것인지 앞으로 어떤 자세로 살아야 하는지 별별 의문이 꼬리를 물었다. 그만큼 이 글은 무겁다. 인간 죽음을 다루면서도 삶의 문제와 끊임없이 겹치고 있다. 소설이나 드라마 속에서나 접했던 치매가 내 문제로 선뜻 다가섰다. 그처럼 이 글은 현실적이다. 그러면서도 무언가 삶의 뜻이 움트는 미동을 느꼈다. 고통 속에 피어난 엷은 미소 같았다.

이 침묵과 파열은 떠도는 이야기를 한 편의 완결된 예술로 승화시키는 원동력이기도 하다. 특히 이 글은 기록성과 문학성을 갖춘 제대로 된 기록 서사라 할 수 있다. 종래 기록 문학, 소위 르포 문학은 현장성에 치우쳐 예술성을 상실한 채 생경한 모습이다. 거대 담론이나 특정 정파와 논리에 빠져 보도식 전달에 그치고 마는 형국이다. 그 자체로 뜻이 있겠지만 애초에 도모했던 서발턴subaltern의 현실은 정서적으로 체감하기 힘들다.

그런 측면에서 이 글은 미니멀리즘의 전형이라 할 수 있다. 빛이 들지 않는, 눈길이 가지 않는 곳에 골똘히 시선을 모둔 첨예한 글쓰기이다. 단지 그 대상이 글쓴이의 어머니였을 뿐이다. 글을 읽으며 글쓴이의 어머니는 어느새 내 엄마로 변신해 있었다. 글쓴이의 감정은 내게 충분히 이입돼 글을 읽는 시간은 오로지 내 시간이며 내 세계였다. 소소한 삶은 없다. 거대한 우주에서 나름대로 성좌를 이루며 빛나다 스러지는 것이다. 작가는 그것을 기록하는 존재다.

글쓴이와 겹친 세월은 짧다. 그는 인생 선배이면서도 한발 앞서 배웠다는 내 모자람을 너그럽게 받아 주었다. 동문수학하면서 스승을 대하는 마음과 벗들을 챙기는 품이 넉넉했다. 글을 읽으며 그것이 글쓴이의 단면이었음을 알았다. 더 넓은 세계가 그에게 있었다. 그래서 이 글은 한 사람의 인생을 총체적으로 보여 준 매개체이기도 하다. 죽은 이의 기록을 통해 산 자의 진면목을 드러낸 것이다. 르포르타주의 길이기도 하다. 허구에 치우친 소설이 다 하지 못한 진실을 담았기 때문이다.

이 글을 읽으며 앙드레 말로의 『인간 조건』이 떠올랐다. 소설로도 백미이지만 르포르타주의 원형이기도 하다. 죽고 죽이는 살육 현장에서도 인간 본성은 착함과 우애를 잃지 말아야 한다는 인간 실존의 애환을 깊이 담았다. 그처럼 『천 일의 순이』는 추함과 협소로 끝날 것 같은 인간 종말에서 그렇지 않다는 확신을 준다. 인간의 위대함은 살아온 기적을 살아갈 기적으로 삼는 지혜에 있다는 것을 새삼 간직하게 된다. 치매는 비극이 아니라 삶을 마무리하는 인간 조건이라 여기게 되었다. 그 사건으로 사람들은 인간의 진면목과 마주하게 되기 때문이다.

글쓴이는 이 글에서 멈추지 말아야 한다. 그의 정신과 눈길과 손끝이 어루만져야 할 세상의 이야기가 모래알처럼 가득하다. 멈추지 않을 것이다. 그는 공부하는 사람이다. 간병의 고통과 때때로 도망치고 싶었던 충동, 죄책감, 그러나 더 힘이 셌던 연민과 애정의 단상들을 담으며 가장 큰 공부가 되었다는 그의 고백이 일러 주었다.

죽음에 앞서가 보는 일은 삶의 지도를 그리는 일이다. 부모의 죽음만큼 삶을 송두리째 흔드는 일은 없을 것이다. 아직은 묘연하다. 이 글이 실재로 이끌어 주었다. 사적이면서도 가장 공의로운 나날을 기록한 글쓴이와 울고 웃고 아파하며 비로소 위안을 얻었다. 그가 바라본 얼굴을 마주함으로써 윤리적 책임이 떠올랐고 그가 들었던 목소리를 통해 지식 속에 갇힌 세계에서 풀려나는 경이로운 체험을 했다. 이 글은 가장 순수한 글쓰기이며 치열한 르포르타주이다.

이민호(시인, 문학평론가)

천 일의 순이

1판 1쇄 펴낸날 2021년 3월 10일
1판 2쇄 펴낸날 2021년 9월 6일

———

지은이 김난희

———

펴낸이 이민호
펴낸곳 북치는소년
출판등록 제2017-23호
주소 10442 경기도 고양시 일산동구 일산로 142, 427호(백석동, 유니테크빌벤처타운)
전화 02-6264-9669 **팩스** 0505-300-8061
전자우편 book-so@naver.com

———

디자인 신미연
제작 두성 P&L

———

ISBN 979-11-971514-4-6 03810

———